MADEMOISELLE

CINQUANTE MILLIONS.

MADEMOISELLE

CINQUANTE MILLIONS

PAR

Mme. LA COMTESSE DASH.

II

PARIS, 1867.

TESCHEN, CHEZ CHARLES PROCHASKA, LIBR.-ÉDITEUR.

VII

UNE NOUVELLE INTRIGUE.

(Suite.)

En entrant dans l'unique salle, où se trouvaient déjà plusieurs buveurs, il aperçut à un coin de la cheminée un homme fort proprement vêtu, le chapeau rabattu sur les yeux; il se cachait certainement, tournait le dos et ne parlait point. En face, à l'autre bout de la pièce, tout à fait dans l'ombre, il devina deux plumets, les coudes appuyés sur la table, enveloppés de leurs manteaux et causant bas. Ces convives le frappèrent par le contraste qu'ils offraient avec les autres. Il s'en alla se mettre au milieu, de façon à tout voir, à tout entendre, et prit les mêmes précautions qu'eux pour déguiser son visage et sa tournure.

L'hôte lui apporta une sorte de brouet qu'il décora du nom de soupe, une bouteille de vin passable, un peu de viande, puis il le laissa libre de se livrer à ses pensées et à ses observations.

Le voyageur solitaire ne mangeait pas et ne faisait aucun mouvement. Lorsque Caranti eut terminé son repas et que l'hôte s'approcha pour enlever la table, le silencieux le tira par sa manche et lui adressa une question à voix si basse qu'on ne l'entendit pas.

— Ma foi! monsieur, dit l'aubergiste, si vous voulez que je vous réponde, parlez plus haut, je suis un peu sourd.

Le voyageur murmura quelques mots; il demandait le chemin de Brouage, s'il était bien dans la bonne route, et quand il y arriverait.

Ce mot de Brouage interrompit la conversation des deux amis et fit lever la tête à l'Italien; cet homme mystérieux devait se rattacher à mademoiselle de Mancini et il avait intérêt à le connaître. Il avait remarqué également l'attention et le silence des causeurs.

— Observons, se dit-il, et, à présent que je suis prévenu, ils auront bien de la chance s'ils m'échappent.

L'hôtelier donna les renseignements demandés, en ajoutant qu'il ne fallait pas s'aventurer de nuit dans les chemins, mal fréquentée et dangereux, et qu'il engageait son hôte à rester chez lui jusqu'au jour; il serait au moins sûr de n'éprouver aucun retardement. Lorsqu'il eut fini de parler, les deux curieux reprirent leur conversation, qui devint plus animée. Le chevalier cherchait le moyen de lier connaissance avec ces gens qui lui semblaient suspects, et pour commencer il approcha sa chaise du faiseur de questions. Celui-ci n'eut pas l'air de s'en apercevoir. Il se décida donc à entamer le discours, en lui parlant de la route de Brouage, qu'il venait de faire, et en lui offrant ses services pour les renseignements dont il pourrait avoir besoin.

— Vous arrivez de Brouage, monsieur! s'écria-t-il, avec une émotion qu'il ne put maîtriser. Alors vous pourrez me dire...

Il s'arrêta tout court. Caranti n'eut garde de le remettre en son chemin.

— Vous pourrez me dire... si les toiles se sont bien vendues au dernier marché.

Il y avait un secret sous roche, le chevalier n'en douta pas; son attention fut éveillée d'un autre côté par les plumets; ils se placèrent derrière la cheminée, toujours dans l'ombre, mais à portée de ne rien perdre.

— Monsieur, répondit-il, je ne m'occupe pas des toiles, bien que je sois marchand; ce n'est pas ma partie, je vends des chevaux et des armes, tout à votre service.

— Merci, je n'en use pas, répliqua le marchand de toiles avec embarras.

— Et vous, mes jeunes messieurs, reprit-il en se tournant vers les autres, vous m'avez l'air d'humeur à faire votre partie dans une joûte ou dans une bataille. Voulez-vous des armures de Milan, des pistolets, des abres de bonne trempe? Je suis du pays.

— Est-ce un défi ? demanda le plus grand des jeunes gens avec effronterie.

— Ce sera ce que vous voudrez, monsieur; cependant, si j'en crois mes prévisions, nous avons mieux à faire que de nous battre entre nous.

— Quoi donc?

— Approchez-vous de moi, comme si vous vouliez vous chauffer; je vous dirai ce qu'il est important que vous sachiez.

Les gentilshommes se consultèrent un instant.

— Va donc, toi! dit celui qui paraissait le maître; c'est moins dangereux.

Le plus petit des manteaux s'avança en s'enveloppant davantage; il s'accroupit auprès du feu; on ne distinguait aucune forme et l'on ne voyait pas le bout de son nez.

— J'écoute, dit-il.

Le taciturne avança la tête.

— Vous allez à Brouage, dit Caranti.

Personne ne répondit.

— Vous vous défiez de moi, et c'est mal; je vais vous le prouver. D'abord, prenez garde ici, ne vous endormez pas, ne sortez pas de cette salle, visitez bien vos armes et tenez-vous prêts: les gens de ce logis ont de mauvaises intentions.

Ah bah! répliqua celui des deux plumets qui ne se montrait pas, nous sommes quatre, et nous n'avons pas l'air de porter sur nous de grosses sommes.

Les deux autres restèrent muets.

— Je suis un homme pacifique, reprit Caranti, je préfère me mettre en garde d'avance que de me défendre après. Je veillerai donc. Vous êtes libres de mépriser mes avis, je les suivrai pour vous et pour moi. Quant à Brouage...

Il s'arrêta.

— Eh bien! Brouage? reprit après un instant l'impatient garçon.

— Eh bien! Brouage n'est plus reconnaissable depuis que les nièces de Son Éminence y sont exilées. Le gouverneur veut tout voir et tout savoir; on n'y reçoit plus un étranger sans qu'il prouve son honnêteté et son indifférence pour ces belles. Elles sont gardées comme les trésors enchantés des contes de fées, et, ma foi! si vous n'êtes pas bien en règle, ne vous y hasardez pas, il pourrait vous arriver malheur.

— Je n'ai pas affaire à Brouage, mais aux environs.

— Oh bien! oui, les environs! c'est encore pis. Sous prétexte qu'un esprit s'est caché dans une ferme, on n'admet plus que les naturels. C'est une tyrannie sans exemple; chacun s'en plaint, et moi je déserte: il n'y a plus moyen de continuer son petit commerce avec de pareilles entraves, je reviendrai quand les Mancini n'y seront plus.

Même silence.

— Allons! pensa le chevalier, je ne me trompais pas, ces compagnons en veulent à nos infantes. Si je pouvais seulement entrevoir un de leurs yeux, je saurais bientôt à quoi m'en tenir... Attendons.

Il prit la pincette et attisa le feu qui s'éteignait; il fit du bruit, il chantonna entre ses dents, aucun ne bougea plus qu'une borne. Il commençait à s'impatienter, lorsque l'hôte s'avança vers lui d'un air obséquieux et lui demanda si, pour passer la soirée, il ne voulait pas boire une bouteille d'un certain vin de Gascogne, âgé de dix ans, dont il lui dirait des nouvelles. Le chevalier accepta, et s'adressant à ses voisins, il leur proposa d'être de la partie.

— Cela nous égayera un peu, messieurs, car nous avons l'air aussi folâtres qu'un prêche de huguenots.

— Je ne boirai point le vin de cet homme, dit du fond de son balandras l'homme assis au coin de la cheminée; il est peut-être empoisonné.

— Ou bien il renferme quelque drogue qui nous fera dormir vingt-quatre heures, et, pendant ce temps, on nous dépouillera, reprit le jeune plumet avec emphase. Vous nous avez communiqué vos soupçons, monsieur le trembleur.

— Faisons semblant, du moins; d'ailleurs n'avons-nous pas soupé, vous et moi? Nous sommes déjà sûrs de notre affaire, si elle doit être tentée. Je me risque.

On apporta le vin. Caranti demanda plusieurs verres, et les présenta à ses compagnons; tous refusèrent.

— Je boirai donc seul! A votre santé, messieurs, à la réussite de vos projets, à votre bon voyage!

On lui répondit par une inclinaison de tête, et ce fut tout.

— Aimable compagnie! murmura-t-il entre ses dents.

Les autres buveurs faisaient rage; ils chantaient, parlaient, criaient tous à la fois, c'était un sabbat à ne pas s'entendre. Ils ne s'occupaient guère des voyageurs, qui formaient avec eux un si étrange contraste. Tout à coup l'aubergiste parut effaré, faisant des gestes de détresse et recommandant le silence.

— Des soldats et un officier, dit-il.

On se tut comme par enchantement, et quelques-uns même tâchèrent de gagner la porte. De ce nombre étaient les deux plumets; ils furent, comme les autres, obligés de revenir: le bruit des mousquets frappant sur le pavé révéla la présence des soudards, et ils auraient semblé suspects en cherchant à leur échapper.

— Ah! pensa Caranti, nous allons peut-être savoir quelque chose; quant à moi, il s'agit de m'en bien tirer.

VIII

PLUSIEURS MESSAGES.

Les soldats entrèrent avec l'assurance qu'ils avaient surtout en ce temps-là, où la force était tout. L'officier donna l'ordre de fermer la porte, y plaça une sentinelle, prit sur la table une lampe fumante qu'il promena autour de lui, et s'assit au milieu de la cheminée, dans laquelle l'hôtelier jeta une brassée de fagots qui illuminèrent toute la chambre. L'étranger solitaire s'était réfugié derrière un bahut; Caranti se tenait de son mieux à l'ombre, près de la huche; quant aux plumets, ils se cachaient au dernier rang des buveurs et ne paraissaient pas les moins inquiets de la bande. Il se faisait un grand silence.

— Oui-dà! dit l'officier, c'est ainsi que cela se passe. Nous semblons avoir dérangé bien des gens, et nous allons savoir qui nous avons ici.

L'hôte faisait une triste mine; il avait tellement l'apparence d'un coupable qu'on ne pouvait se dispenser de l'interroger. Il balbutia dès les premières réponses; l'officier le fit passer entre deux soldats et lui ordonna de se tenir tranquille jusqu'à ce qu'il pût s'occuper de lui. Son œil investigateur avait découvert le chevalier. Il l'appela, et celui-ci n'osa pas résister. Il commençait à craindre que son ambassade fût promptement terminée. Heureusement il avait cousu ses lettres dans la doublure de son pourpoint; à moins d'être prévenu, on n'irait pas les y chercher, et si on l'arrêtait, il trouverait peut-être bien un moment de solitude pour les détruire. Il se décida à ne point dissimuler son nom ni le motif apparent de son voyage.

— Ah! vous étiez à Son Éminence et vous quittez son service! reprit l'officier, qui s'appelait M. de Thémine, en caressant sa moustache: c'est bon à savoir. Vous allez en Italie?

— Oui, monsieur.

— Et vous êtes seul?

— Seul, avec mon laquais, que vous apercevez là-bas.

— Vous n'avez pas d'autres compagnons?

— Aucun.

— Quel est donc cet homme enseveli dans son manteau, et quels sont ces jeunes muguets dont la plume voile si soigneusement le visage, les connaissez-vous?

— Non, monsieur.

— Qu'on les fasse approcher.

Les soldats s'avancèrent pour exécuter cet ordre. L'habitant du bahut opposa une forte résistance et s'enveloppa davantage. Les deux jeunes gens mirent l'épée à la main, et déclarèrent qu'ils vendraient cher leur liberté; un signe de M. de Thémine arrêta ses hommes.

— Bien! bien! dit-il avec beaucoup de calme; voyons celui-ci d'abord, rien ne nous presse, nous avons le temps. Otez à ce quidam ce manteau et ce chapeau obstiné.

Le manteau et le chapeau tombèrent; ils découvrirent un jeune gentilhomme, assez bien fait, fort honteux, très en colère, ce que son teint animé et son œil étincelant révélèrent lorsqu'il se vit pris; il releva la tête.

— Ah! monsieur de la Porte! continua monsieur de Thémine avec le même calme. C'est donc vous! Et pourquoi vous cacher? je suis très-heureux de vous voir. Vous ne conspirez pas, je suppose, et le pavé du roi appartient à tout le monde. Un siége pour monsieur de la Porte, et qu'on lui rende ce qu'on lui a pris.

— Puisque vous me connaissez maintenant, reprit le jeune comte avec hauteur, vous ne me retiendrez pas davantage, monsieur, et je serai libre de continuer ma route, je suppose?

— Pas encore, monsieur le comte, pas encore. J'ai mission de savoir pourquoi les jeunes gentilshommes de votre âge quittent sans la permission paternelle le séjour qu'on leur a choisi : nous en causerons ensemble plus à loisir; il se trouve ici trop de témoins, vous ne vous souciez sans doute pas de leur confier vos affaires. Messieurs, ajouta-t-il, avancez de bonne grâce, la résistance est inutile ; j'ai trente hommes bien armés, et chacum me prêtera main-forte pour l'exécution des ordres du roi.

Un petit colloque à voix basse suivit cette sommation ; un des jeunes gens, le plus petit, se présenta, toujours sans relever son feutre, mais l'épée remise au fourreau.

— Monsieur, dit-il d'une voix basse, je me ferai connaître à vous seul, si vous le voulez bien; quant à mon compagnon, il a des raisons de la plus haute importance pour ne pas décliner son nom ; et, sous ma caution, je l'espère, vous le laisserez passer.

— Comment donc! mon jeune cadet; lorsque vous m'aurez convaincu de cette caution merveilleuse, cela ne fera pas la moindre difficulté, je vous le jure.

Un bas officier, placé derrière l'inconnu, lui arracha prestement son chapeau. On vit alors un visage altier, pâle, charmant néanmoins, de longs cheveux noirs fins comme de la soie, un regard plein de flamme, une beauté accomplie enfin, qui pouvait être celle d'une femme trèsrésolue, ou d'un très-jeune garçon. M. de Thémine salua plus profondément que la première fois.

— La caution est excellente, reprit-il en raillant; si bonne que M. Philippe ne me refusera pas l'honneur de le saluer en si gentille compagnie: et voyez jusqu'où va ma complaisance, je vous éviterai à l'un et à l'autre la peine de me confier vos affaires, je les connais aussi bien que vous.

A l'aspect de ce nouveau personnage, au nom de Philippe, M. de la Porte et Caranti ne purent retenir une exclamation.

— Cela vous étonne, messieurs? poursuivit l'imperturbable Thémine; cela m'étonne moins que vous, car depuis trois jours je suis ces voyageurs à la piste. Ce qui m'étonne d'avantage, c'est de vous trouver réunis dans ce cabaret borgne, dont la réputation ne flaire pas comme beaume. Je n'en puis deviner le motif et je veux m'en éclaircir. Qu'on emmène ces manants dans la grange à côté, et qu'on les y garde jusqu'à ce que les gens du roi les viennent prendre. Il s'agit de fraude et de vol, peut-être d'un peu plus encore, cela regarde les recors et non les soldats. J'ai d'autre gibier à chasser ici. Tenez surtout portes et fenêtres fermées, une sentinelle, le mousquet chargé, et *feu!* si quelqu'un tente de s'évader. Allez, maintenant.

La salle fut promptement évacuée; il n'y resta bientôt plus que M. de Thémine, son lieutenant, un bas officier et les voyageurs suspects. Le bas officier leur offrit des siéges, qu'ils n'acceptèrent pas. Philippe Mancini se tenait dans son coin comme un enfant boudeur.

— Monsieur, recommença le chef avec un salut plein de grâce, M. le cardinal a été prévenu de votre fuite un quart d'heure après votre départ; vous avez des confidents peu sûrs, apparemment. On a su votre projet de délivrer mesdemoiselles Mancini de la captivité où elles *gémissent*, on a su votre association avec mademoiselle Milliani, mais on ignorait votre alliance avec M. de la Porte; elle nous explique bien des choses, je vous l'assure.

— Monsieur, je vous répondrai comme M. de la Porte: puisque vous me connaissez si bien, vous savez que je ne médite rien contre la sûreté du royaume, et vous ne me retiendrez pas davantage.

— Je vous prie de m'excuser, monsieur, c'est malgré moi. Non-seulement je suis forcé de vous retenir, mais encore de vous ramener à Brissac, dont vous êtes parti, lorsque je saurai toutefois ce que vous alliez faire et si vous aviez d'autres complices que ceux-ci.

— Monsieur, vous n'avez pas le droit de m'interroger.

— Hélas! monsieur, j'ai non-seulement celui-là, j'en ai encore un autre, dont vous allez être convaincu tout à l'heure, en prenant la peine de lire ceci. C'est le droit de vous conduire au Château-Trompette, à Bordeaux, si vous ne m'instruisez pas immédiatement de vos projets et de vos espérances. Son Éminence a tout confié à ma garde, elle m'a laissé libre, approuvant d'avance le parti que je prendrais. Vous dépendez entièrement de moi; je ne puis vous le dissimuler.

— S'il est ainsi, monsieur, prison pour prison, je préfère la plus digne et la plus sévère. Vous pouvez m'enfermer, je ne parlerai pas. L'Europe verra comment M. le cardinal Mazarin traite les enfants de sa sœur; elle nous jugera.

— C'est votre dernier mot, monsieur?

— Absolument, monsieur.

— Comme il vous plaira, nous partirons au lever du jour. On va vous dresser un lit dans le coin de cette pièce. Et vous, monsieurde la Porte, ne me demandez-vous pas quelque explication? Je n'ai point d'ordre contre vous, on ne vous attendait pas; je ne puis cependant prendre sur moi de vous laisser aller avant que Son Éminence et M. le maréchal de la Meilleraie aient appris votre voyage secret.

— Monsieur, j'allais voir ma fiancée; personne ne peut me blâmer de ce désir, répliqua M. de la Porte d'une façon impérieuse.

— On ne vous en blâme point, monsieur, on voudrait seulement savoir si mademoiselle de Mancini vous attend.

— Quant à ceci, je ne suis pas obligé de vous le dire.

Julia écoutait impatiemment cet interrogatoire, elle se défiait beaucoup de ceux qu'elle avait choisis pour instruments; la légèreté de l'un, la bizarrerie de l'autre, lui faisaient tout craindre: son projet ne pouvait réussir que par une surprise; découvert, il devenait pour elle un grand danger. La partie était perdue; elle qui comptait si bien dominer les événements, elle se voyait dominée par eux.

— Et vous, mademoiselle Milliani, reprit M. de Thémine en se tournant vers elle, daignerez-vous m'expliquer votre présence et la nécessité impérieuse qui vous amène ici sous ce déguisement.

— Ce que M. de Mancini veut taire ne peut être révélé par moi; amie de mesdemoiselles ses sœurs et la sienne, je me suis dévouée à leur service: j'obéis et je me dévoue, tel est mon rôle.

— A merveille! on ne saurait mieux agir; je n'ai rien à répondre. Il doit se trouver quelque réduit où vous pourrez vous retirer. Maintenant que l'on sait qui vous êtes, vous ne devez pas rester en la compagnie de ces messieurs. J'aurai l'honneur de vous conduire demain à l'abbaye de la Croix, où nous avons été reçus ce matin. Elle est sur notre route; vous y attendrez en sûreté et en saintes occupations ce que M. le cardinal décidera de vous.

Julia était trop fière pour s'abaisser à une prière ; elle suivit le bas officier, qui l'installa dans une espèce de chambre où se trouvait déjà la famille du cabaretier. Elle y fut enfermée, une sentinelle gardait la fenêtre ; elle s'enveloppa dans son manteau et s'établit sur une chaise, sans s'occuper de ceux qui l'entouraient, dont les inquiétudes lui semblaient bien mesquines en comparaison de celles qu'elles nourrissait elle-même.

M. de Thémine ne s'occupa plus de ses prisonniers lorsqu'il leur eut fait donner les moyens de passer une nuit moins mauvaise qu'on ne l'eût supposé d'abord. Il se fit servir à souper, dégusta le vin de Gascogne, qui lui parut assez supportable, et chercha quelques instants de repos, après avoir pourvu aux besoins de sa troupe et à la sûreté de ceux qu'il avait arrêtés.

Aussitôt que l'aurore parut, il fut sur pied. Vieux soldat, habitué aux guerres et aux embuscades, il avait un de ces corps de fer qui s'accoutument à tout. Quelque matinal qu'il fût, Philippe de Mancini l'avait prévenu ; il l'attendait les yeux bien ouverts, appuyé encore sur son matelas ; le sommeil n'était pas venu, malgré ses efforts : ses résolutions s'étaient modifiées. Il connaissait l'indécision de son oncle à l'endroit de sa famille, l'idée du Château-Trompette ne lui souriait point ; il pouvait y demeurer longtemps, perdre les fêtes du mariage au retour du roi à Paris, et tout cela par un entêtement dérisoire dont nul ne lui tiendrait compte, pas même celui dont il sauvegardait le secret. Il se décida donc à tout avouer.

Dominique n'avait menti qu'à moitié. Julia courait en effet le pays, mais non pas en compagnie de Roger, qu'elle avait vainement cherché partout et qu'elle crut d'accord avec Hortense, en dépit de ce qu'elle avait entendu. Elle se regardait comme émancipée, et, persuadée qu'on fait mieux ses affaires soi-même, elle se déguisa en cavalier, visita tous les lieux où le prince pouvait avoir cherché un refuge.

La Voisin consultée ne voulait pas aider cette femme contre le prince. Les difficultés augmentaient le courage de mademoiselle Milliani. Ne découvrant pas l'amant, elle s'en alla surveiller la maîtresse, et s'établit, ainsi que nous l'avons vu, dans la petite maison des champs, près Brouage; peut-être irait-il rôder aux environs. On sait ce qui en advint. Elle fut repoussée avec perte et obligée de chercher un autre moyen. Tant qu'Hortense serait libre, elle n'aurait pas un instant de repos, en dépit des prédictions de M. de Mancini. Elle imagina donc une intervention nouvelle, et celle-ci devait réussir.

Philippe Mancini restait étranger aux intrigues de ses sœurs, qu'il aimait beaucoup néanmoins; il vivait en dehors de sa famille avec de jeunes seigneurs de son âge, et s'écartait le plus possible de la cour et de son oncle. Il savait l'ambition de Marie et les fiançailles d'Hortense; disposé à toujours mal penser du cardinal, il cria beaucoup contre l'exil dont il les frappait tous, et ne s'inquiéta guère pourtant de la violence faite aux sentiments de mesdemoiselles de Mancini. Pour lui, l'ennui était le seul, le véritable mal; elles s'ennuyaient à Brouage, il s'ennuyait à Brisac ; il ne songeait qu'au moyen d'en sortir.

Julia le connaissait bien; elle bâtit son édifice sur cette connaissance. Elle parvint à le voir en dépit de la surveillance qui l'entourait; elle se donna comme envoyée par ses sœurs, qui se mouraient de chagrin; elles réclamaient son aide pour les arracher à leur prison. Hortense désirait en finir avec son mariage, afin de revenir à la cour et de s'y trouver pour les fêtes. Elle n'était pas folle de M. de la Porte, mais en l'épousant elle sortait d'esclavage, elle forçait la main de son oncle, et trouvait original de se faire enlever par un homme qu'elle n'aimait pas et qu'on lui imposait pour époux. Elle avait prévenu M. de la Porte; il se trouverait à un jour fixé près de Brouage; elle comptait sur son frère pour l'aider. On ne se défierait pas de lui, et il la conduirait près de l'impatient amoureux; ils partiraient ensemble, ils s'uniraient devant le premier prêtre venu, et, une fois la bénédiction donnée, ils devenaient le duc et la duchesse de Mazarin, ils s'en allaient directement à Saint-Jean-de-Luz; on leur pardonnait, ils prenaient leur rang, et Hortense n'avait plus de prison ni d'ennuis à craindre.

Cette fable était assez bien ourdie pour tromper Philippe; le caractère d'Hortense lui en garantissait la vérité. Julia ne demandait qu'une heure pour emmener la jeune fille et la jeter dans les bras de M. de la Porte en l'abusant. Marie, plus disposée qu'elle encore à rompre sa chaîne, serait pour eux le meilleur auxiliaire; elle l'entraînerait. Elle saurait en faire un tel scandale, montrer si hautement cette désobéissance, que le mariage de sa rivale avec un autre devînt impossible. Il ne lui en fallait pas davantage; Hortense croirait venir retrouver son frère, et ce serait M. de la Porte. Julia se chargeait de crier assez haut pour qu'on n'entendît pas ses réclamations.

L'étourderie de Philippe mit à néant ce projet si bien combiné. Il écrivit au comte de Guiche, son ami une fanfaronnade sur son départ dont il ne dévoila pas le motif, tout en annonçant qu'il se rendait à Brouage; il raillait les précautions de Sa Faquinance et se déclarait libre malgré elle. La lettre tomba entre les mains de la maréchale de Gramont; elle n'hésita pas à la remettre au cardinal, et Philippe, qui se vantait de recommencer la Fronde, avec Hortense et Marie pour héroïnes, se vit arrêter dans son essor. On envoya M. de Thémine à sa poursuite; ses châteaux de révolte s'écroulèrent, et il fallut rentrer dans l'obéissance.

Les réflexions de la nuit lui montrèrent qu'il ne gagnerait rien à l'obstination et qu'il obtiendrait sa grâce avec le repentir, son oncle n'était impitoyable que contre l'entêtement. Il avoua donc toute l'histoire à M. de Thémine. Confus et humilié de se soumettre, Philippe en pleurait de rage. Il allait retourner à Brissac; peut-être lui serait-il tenu compte de sa bonne volonté, et peut-être ne le laisserait-on pas longtemps à se morfondre loin des amusements de la cour. Il ne cacha pas à M. de Thémine que c'était son seul but, et que l'idée d'avoir blessé son oncle ne le touchait guère.

Le vieux militaire se décida à emmener avec lui toutes ses prises, sauf Julia, qu'il déposa au couvent de la Croix. Elle le chargea d'une lettre pour le ministre, où elle réclamait impérieusement sa liberté, ajoutant que, si on la lui refusait, elle saurait bien la prendre : ce qu'elle ne manqua pas de faire, sans même attendre la réponse de son protecteur; la surveillance des religieuses ne l'empêcha pas de descendre la nuit par la fenêtre, au risque de se rompre le cou.

On avait négligé de lui ôter ses habits d'homme, en les lui faisant quitter; elle les remit très-effrontément, découpa ses draps et s'en fit une échelle; elle se cacha si bien qu'on ne la découvrit point: mais nous saurons la retrouver, quand il en sera temps.

M. de Thémine ne relâcha pas Caranti; il voulut être sûr qu'il n'avait point trempé dans le complot, et trouva plus prudent de le ramener à son maître, qui déciderait de son sort. M. de la Porte n'obtint pas plus de faveur. La troupe se divisa en deux: le lieutenant se chargea de Philippe, dont on était plus sûr, et M. de Thémine se dirigea à marches forcées vers Saint-Jean-de-Luz.

Le cardinal voulait être obéi, non-seulement strictement, mais promptement. Il reçut son envoyé avec bienveillance, lorsqu'il apprit le succès de sa mission. Le chevalier, sévèrement interrogé par le ministre lui-même, ne se laissa pas deviner par le plus astucieux des hommes. Il jura qu'il retournerait en Italie, puisqu'il avait eu le malheur de lui déplaire, et tourna si bien son esprit que le cardinal lui pardonna et lui rendit sa protection.

— Je vous donnerai un emploi qui vous conviendra, ajouta-t-il; l'amour n'est pas un crime, et la raison peut en triompher. Attendez mes ordres.

— C'est égal, se dit Caranti en quittant Son Éminence, je ne m'y fie point. Je le connais mieux qu'il ne croit; cette bonté peut cacher un piége, et j'y veillerai de près: à Italien Italien et demi. Le signor Dominique ne sera pas plus fin que moi si on me l'adresse.

M. de la Porte fut accueilli par un sourire un peu moqueur. Le cardinal le félicita de son impatience; il l'engagea à la modérer, tout en lui promettant d'y mettre un terme prochain. Le maréchal de la Meilleraie voulut le renvoyer dans une de ses terres, mais Son Éminence décida qu'il assisterait au mariage du roi, qu'on célébrerait quelques jours après.

Pendant ce temps, Marie comptait les heures et les minutes. Lorsque le temps voulu fut passé pour avoir des nouvelles de Caranti, elle ne dissimula plus ses craintes et ses inquiétudes; elle avoua tout à sa sœur, dont les émotions ne furent pas moins vives; elles restaient les jours et presque toutes les nuits à attendre, elles s'épuisaient en conjectures. Elles parcouraient la ville et les environs, épiant tous les visages. Rien ne paraissait.

La fièvre de l'incertitude et de l'ennui les avait si fort saisies, qu'Hortense alla jusqu'à s'écrier, dans un moment de désespoir :

— Oh! pour sortir d'ici, j'épouserais sur-le-champ M. de la Porte.

Imprudentes paroles! Marianne, par malice ou par innocence, les répéta à madame de Soissons dans une de ses lettres, et plus tard elles portèrent leur fruit.

Un matin, mesdemoiselles de Mancini sortaient de la messe, où elles allaient par désœuvrement, car elles étaient loin d'être dévotes; un pauvre leur tendit son chapeau en nasillant une chanson de l'époque :

> Regardez-moi bien,
> Je suis votre vieux reître, etc.

Elles s'étaient souvent moquées d'un laquais allemand de madame de Venelle, qui défigurait ce refrain en brossant les mantes de sa maîtresse. Marie ouvrit l'oreille, et, en jetant l'aumône dans le chapeau du pauvre, elle l'examina jusqu'au fond de l'âme.

— Vous savez là une belle complainte, lui dit-elle ; y a-t-il beaucoup de couplets?

— Beaucoup, ma belle demoiselle ; et si vous désirez les apprendre, je m'en vais vous les donner par écrit; je n'en finirais pas à vous les répéter.

— Donne, donne vite, répliqua-t-elle en regardant la gouvernante, arrêtée par un autre quémandeur.

Le mendiant tire de sa poche un papier fort propre et le mit dans la main de Marie ; puis il ajouta :

— Lisez-le attentivement, vous y découvrirez des beautés inconnues.

Mademoiselle de Mancini ne douta plus; elle glissa le paquet dans sa poche, donna une pièce d'or au mendiant, qui fit le geste de la porter à ses lèvres, et rejoignit Hortense, à laquelle elle dit très-bas :

— Hâtons-nous de rentrer, je crois que j'ai des nouvelles.

Les deux sœurs s'enfermèrent. Marie développa le billet en tremblant; elle y trouva ces mots:

„Quand et où pourra-t-on voir en secret mes-„demoiselle de Mancini pour leur remettre des „lettres de leurs amis les plus chers?"

— Le roi! s'écria Marie.

— Roger! murmura Hortense.

— Il faut les avoir aujourd'hui même.

— Comment? nous sommes si bien surveillées!

Marie réfléchit un instant, puis elle écrivit sur une feuille de ses tablettes.

„Passez à la nuit près des murs du jardin, „du côté du quinconce; liez les dépêches à une „pierre; on sera là pour les recevoir."

— Et qui les recevra?

— Je m'en charge. Occupez madame de Venelle et Marianne, faites-vous quereller par elles de façon à ce qu'elles m'oublient; je vous réponds du reste. Le mendiant doit rôder par ici, il attend une réponse, et, dussé-je aller aux vêpres, il l'aura.

Marie ne se trompait point; une heure après, le messager passa sous les fenêtres criant son *Reître* à tue tête, les tablettes d'ivoire tombèrent à ses pieds, il les ramassa et continua sa route.

La tâche d'Hortense n'était pas difficile: la gouvernante tenait toujours quelques reproches ou quelques sermons en réserve. Hortense la provoqua, ainsi que sa jeune sœur, en les raillant : elles les excita, elle les fit s'acharner après elle. Pendant ce temps, Marie s'échappa sans être aperçue ; elle revint un quart d'heure après ; son visage était triste, elle mordait ses lèvres pour ne pas pleurer : elle se jeta au beau milieu de la dispute, sans savoir de quoi il était question, et, saisissant Hortense par le bras, elle l'entraîna jusque chez elle, en criant qu'on ne pouvait vivre ainsi et qu'elle allait se plaindre au cardinal. Marianne essaya de les suivre ; elles lui lancèrent la porte au nez et s'enfermèrent au verrou.

— Eh bien ? demanda Hortense avec anxiété.

— Ah ! ma belle, je suis oubliée, trahie, abandonnée !

— Et Roger ?

— Il s'agit bien de ce prince de comédie ! Le roi ! le roi ! il ne m'aime plus ! Il n'a pas voulu recevoir ma lettre ; il a menacé de prévenir mon oncle. Il est amoureux de l'infante ; elle doit être sa femme depuis deux jours. Lisez, lisez ! vous comprendrez ce que je souffre, et vous verrez aussi ce que l'on vous réserve.

Hortense s'empara du billet ; il était de Caranti. Malgré les obstacles, il envoyait son laquais déguisé en mendiant pour rendre compte à Marie de ce dont elle l'avait chargé. Il avait fait remettre la missive au roi par un valet de garde-robe qu'il connaissait. Le roi la prit d'abord, mais il la rendit sans la lire, en défendant qu'on en reçût de nouvelles, parce qu'il avait juré sur le Christ à la reine et au cardinal qu'ils ne s'écriraient plus. Il consentait à se taire pour celle-là; s'il en venait d'autres, il serait obligé d'avouer cette tentative, afin qu'on y mît ordre. Tout était fini entre lui et mademoiselle de Mancini; il souhaitait la voir bien mariée, et, s'il y pouvait contribuer, il le ferait de bon cœur.

Le chevalier racontait ensuite l'aventure de l'auberge et ses suites: il s'excusait de n'avoir rien communiqué à Philippe, qui certainement les aurait trahies. Il finissait sa lettre par ces mots:

„J'ai fait ce qui a dépendu de moi. On „m'observe de près; comme j'en suis instruit, „on ne me prendra pas. Vous pouvez compter „sur mon dévouement à la vie, à la mort. Vo„tre sort est fixé à toutes deux. Vous épouse„rez M. le connétable, et la belle Hortense sera „duchesse de Mazarin dès que la cour aura re„pris son séjour au Louvre.

„Pour obéir à vos ordres, je me suis in„formé de M. le prince de Courtenay; on est „à peu près sûr qu'il a suivi M. de Beaufort „comme volontaire, sous un nom supposé.

„Tenez-vous pour averties: vous ne resterez „pas longtemps à Brouage maintenant, mais de

„plus grandes épreuves vous attendent après; „au moins, comme moi, vous serez prévenues, et „vous serez sur vos gardes.“

Elles relurent dix fois cette lettre, espérant y découvrir un nouveau sens qui les consolerait: elles ne firent que se confirmer dans la certitude de leur malheur. Le laquais avait été longtemps en route, le roi devait être marié depuis plus de quinze jours, elles attendaient à chaque instant l'ordre de ce départ qu'elles avaient tant désiré. Elles frémissaient à présent à l'idée de quitter Brouage; c'était le premier pas vers une union détestée. Marie déclara qu'elle n'obéirait point, et que, si elle voyait le roi, il lui reviendrait sans doute. Cette idée la consola un peu. En amour, on est toujours moins malheureux de près que de loin.

Hortense était fiancée; elle avait promis, on ne lui rendrait pas sa promesse; son sort était fixé; d'ailleurs qu'importait M. de la Porte ou un autre! elle ne reverrait plus Roger, il était à jamais perdu pour elle. Plus elle haïssait son prétendu, plus elle se décidait à l'accepter. Les jeunes têtes se créent de ces chimères-là.

Quant à madame de Venelle, elle ne savait à quel saint se vouer; elle fut poussée à bout au point d'écrire à Son Éminence qu'elle ne resterait pas davantage avec ses nièces si Marie demeurait auprès de ses sœurs. Selon elle, il fallait la mettre au couvent, et encore elle rebellerait les saintes filles.

Cette lettre, envoyée par un courrier qui eut ordre de faire diligence, se croisa avec un des gens du cardinal apportant à mademoiselles de Mancini l'invitation de se rendre à Fontainebleau à la fin de la semaine suivante; la cour y serait déjà. A cette nouvelle, Marianne courut à la porte de ses sœurs, où elle frappa de toutes ses forces en criant de sa petite voix:

— Ouvrez-moi, faites vos coffres, nous partons, nous partons demain.

Marie poussa un cri de joie involontaire.

— Je vais donc le revoir!

— Oh! dit Hortense en se laissant tomber sur un siège, presque évanouie, je vais donc me marier!

IX

PROJETS.

Les préparatifs furent bientôt faits. Le lendemain, la caravane se mit en chemin et arriva au jour fixé, sans aucun incident de voyage que la tristesse toujours croissante de la future duchesse de Mazarin et l'impatience fiévreuse de Marie. Elles furent reçues dans la cour du château par Dominique et par une foule de seigneurs accourus à leur rencontre. M. de la

Porte était des premiers, mais il se cacha; et comme Hortense ne le cherchait point, elle ne le vit pas. Le chevalier de Rohan lui présenta la main pour descendre de carrosse; elle la prit avec une distinction que chacun remarqua. Le cortége de courtisans escorta ces belles jusqu'à l'appartement de leur oncle déjà malade et alité. La reine-mère et madame de Soissons les y attendaient.

Anne d'Autriche reçut Marie avec hauteur et indifférence; elle se montra plus gracieuse pour Hortense, qu'elle daigna embrasser plusieurs fois. Le cardinal était fort changé, ses joues pâles se colorèrent faiblement, il était heureux de revoir ces enfants qu'il aimait. Marianne alla franchement se jeter à son cou; ses sœurs se tinrent sur la réserve, Mazarin fut obligé de leur dire:

— Eh bien! vous ne m'embrassez pas? vous continuez votre révolte?

— Au moment du retour tout est oublié, dit la reine d'Angleterre, qui venait d'entrer et qui rêvait encore le mariage d'Hortense avec son fils, malgré les barrières élevées entre eux.

— Madame, ces petites filles sont incorrigibles, ajouta le ministre avec un demi-sourire; elles me donnent plus de peine que la Fronde défunte. Je veux cependant leur répéter, afin qu'elles n'espèrent pas de changement, que ma décision est bien prise, et qu'elles épouseront, l'une M. le connétable, et l'autre M. de la Porte. Celle-ci n'aura pas grande peine à m'obéir, d'après ses beaux projets.

Hortense ouvrait la bouche pour protester, son oncle ne lui en laissa pas le temps. Il ne se souciait pas d'une explication devant tout le monde; sa phrase avait servi à deux fins: elle instruisait la reine de l'inutilité de ses démarches. Il était possédé du désir de continuer son nom par sa nièce favorite, sans quoi il eût compris l'avantage et la gloire de la faire reine d'Angleterre.

Tout se préparait pour une restauration, Cromwell était mort, l'anarchie et la désunion régnaient parmi ses successeurs, les millions de Mazarin mis dans la balance l'auraient certainement fait pencher en faveur du prince exilé. Il fut assez aveugle pour ne pas le voir. Il se sentait fort malade, il ne voulait pas se créer des embarras et des intrigues; peut-être trouvait-il une certaine satisfaction de vanité à refuser le fils de Charles Ier, la fille de Henri IV sollicitant son alliance. Tant y a qu'il résista aux séductions, ce dont Hortense se serait bien passée.

Le soir même, mesdemoiselles de Mancini saluèrent le roi et la jeune reine. Celle-ci ignorait les antécédents de Marie; elle les accueillit comme les nièces du ministre, à qui elle devait son bonheur, car elle adorait Louis XIV, qui le lui rendait en ce moment-là. Il n'eut pas même un moment de trouble à l'aspect de son ancienne amoureuse; Marie ne fut pas aussi insensible: elle pâlit beaucoup et manqua de se trouver mal en lui faisant la révérence.

— Je suis charmé de vous revoir, mesdemoiselles, leur dit-il collectivement; il y a eu de belles fêtes à mon mariage et nous vous avons bien regrettées. J'espère que vous vous amuserez à celles que je compte donner. N'est-ce pas que la reine est belle?

Il avait déjà cet égoïsme féroce qui le domina toute sa vie et qui fit tant souffrir la pauvre La Vallière. Marianne fut la seule qui répondit; Marie suffoquait, et Hortense ressentait l'offense faite à sa sœur. Anne d'Autriche entendit ces paroles avec joie; mademoiselle de Mancini n'était plus à craindre désormais, son règne était fini. Malgré cette froideur du jeune roi, les courtisans entouraient les nièces de Mazarin, et on leur faisait partout comme des ovations.

C'étaient les idoles du jour; la faveur de leur oncle ne baissait pas; elle se fortifiait du grand acte qu'il avait accompli et du désintéressement apparent qu'il avait montré en refusant une alliance si haute. Le roi et les deux reines le comblaient d'égards et de soins, la cour se tenait dans sa chambre, auprès de son lit; jamais sujet n'avait exercé une domination si grande, pas même Richelieu, qui ne conduisait Louis XIII que par la peur.

Lorsque Marie fut seule avec sa sœur, après le supplice de cette journée, elle fondit en larmes.

— L'ingrat! l'ingrat! répétait-elle; pas même un regret! Oh! je me vengerai!

— Mariez-vous, ma sœur; prouvez-lui que vous n'êtes pas plus touchée que lui. Il le mérite bien.

— Ma sœur, comment trouvez-vous le jeune prince de Lorraine? Ne vous semble-t-il pas beau et tout à fait accompli?

— Je ne lui souhaiterais qu'un peu d'élégance, mais si vous deveniez sa femme, vous sauriez le décider à prendre plus de soins de sa personne.

— Et son oncle, Son Altesse Charles IV?

— Celui-là est vieux et désagréable; il est fou, il est brutal; je sais qu'il règne, monsieur son neveu règnera après lui, et il n'y a que patience à avoir. A votre place, j'accepterais vite le prince, pour montrer à Sa Majesté que vous êtes pourvue. Vous seriez souveraine aussi bien que notre cousine Martinozzi, à Modène, et vous primeriez notre autre cousine, la princesse de Conti, et notre *chère* sœur, madame la comtesse de Soissons, qui voudrait vous voir bien loin, j'en suis sûre.

— Vous calomniez Olympe; elle m'a montré ce soir de l'amitié. J'ai promis que nous irions toutes deux demain à l'hôtel de Soissons; elle veut nous parler en secret, pour nous avertir.

— Olympe aime le roi, ma sœur, défiez-vous; vous me l'avez dit cent fois vous-même.

— Ma sœur, si madame de Soissons aime le roi, reprit Marie avec hauteur, cela regarde la reine, ce ne sont pas mes affaires. Ce qui me regarde, c'est de songer à un établissement, et, comme madame la comtesse a du crédit, elle m'aidera.

L'entretien n'alla pas plus loin ce soir-là. Le lendemain, de bonne heure, on remit un petit billet à Marie, sur lequel il y avait seulement écrit: „Le reître."

Elle se rappela Caranti, qui avait si fidèlement rempli sa mission et qui les avait prévenues à ses risques et périls; il désirait la voir sans doute. Ce n'était pas chose facile, et, d'un autre côté, il pouvait être un agent précieux. Elle se promit d'y songer. L'essentiel, ce matin-là, était de se rendre à l'hôtel de Soissons, où elle apprendrait sans doute bien des choses. La similitude de ses sentiments et de ceux d'Olympe les rapprochait. Elles avaient reçu le même traitement. L'âme fière et assez noble de Marie ne devinait pas la nature pleine de bassesse et de perfidie de madame de Soissons. Elle crut se consoler auprès d'elle, elle crut trouver la réplique à son dépit, à sa douleur. Olympe n'avait ni l'un ni l'autre.

L'orgueil et l'ambition la guidaient seulement; elle voulait l'amour du roi pour être la première et pour satisfaire sa vanité. Tout ce qui lui faisait obstacle lui devenait ennemi. Elle haïssait particulièrement Marie, que Louis avait plus aimée qu'elle et qui avait failli devenir sa maîtresse. Un intérêt commun les réunissait maintenant, mais de cet intérêt l'habile intrigante comptait faire sortir son propre triomphe et la ruine de sa sœur, lorsqu'elle n'aurait plus besoin de son aide.

Marie, aveuglée par sa passion, ne la devina pas; elle s'empressa de se rapprocher d'elle et partit pour l'hôtel de Soissons aussitôt qu'elle fut habillée; elle entraîna Hortense, moins pressée et plus défiante. La première personne qu'elles aperçurent, ce fut Caranti, qui leur fit un salut plein d'humilité et de bonne grâce; Marie le lui rendit d'un air qui répondait à son billet; Hortense avec une indifférence marquée.

— Ce gentilhomme est vraiment très-bien fait, dit l'aînée des deux sœurs, il ressemble au roi, c'est certain, mais il a meilleure façon que lui.

— Prenez garde! répliqua Hortense en souriant, si on savait cela on dirait que vous êtes piquée.

— Ne craignez rien; je ne chasserai pas sur vos terres.

— Mes terres! *cela!* mes terres! ah! ma sœur, *cela* n'est fait ni pour vous ni pour moi.

Madame de Venelle, qui survint, coupa la conversation. Marie lui déclara qu'elles passeraient la journée chez madame la comtesse, et qu'elles n'avaient besoin de personne pour les accompagner. Le cardinal permettait aux trois sœurs de se voir sans contrainte; il ne craignait pas que madame la comtesse détournât les autres de lui obéir; elle ne demandait qu'à les marier, pour se débarrasser de leur influence.

Elles furent reçues à bras ouverts. Olympe les introduisit dans son oratoire, sorte de petite retraite où nul ne pénétrait sans son ordre, pas même son mari. Elle avait été nommée surintendante de la maison de la reine, place créée exprès pour elle et qui exigeait une assiduité de tous les instants. Ce jour-là, afin d'être plus libre, elle s'était dite malade, en ajoutant qu'elle ne recevrait personne, ayant besoin d'un repos absolu. Cette précaution était indispensable, l'hôtel de Soissons étant une sorte de lieu public où chacun entrait comme il le voulait et à toute heure, pourvu qu'il fît partie de la cour de France.

— Eh bien! dit-elle, mes chères sœurs, le moment est venu de nous unir, ou nous sommes perdues. Le cardinal ne vivra pas six mois; on nous hait, on nous envie; le roi ne s'occupera guère de notre sort, et la reine-mère encore moins. Si nous ne nous formons pas de puissantes alliances, nous serons écrasées, je vous le prédis.

— Vous, ma sœur! qui pouvez tout ici, m'assure-t-on! répondit Hortense.

— Je ne pourrai rien après la mort de mon oncle; ma puissance, c'est la sienne. Le roi m'a délaissée pour mademoiselle d'Argencourt et pour Marie. Mademoiselle d'Argencourt est au couvent, où il la laisse; Marie est oubliée comme moi, et c'est un titre auprès de lui pour être haïe. Le roi ne se souvient jamais, il dédaigne le passé; le présent et l'avenir sont tout à ses yeux. Oh! je le connais bien, allez!

— Et que faire alors? demanda Marie.

— Vous marier, ma sœur, et vous marier de façon à n'avoir besoin ni de son appui, ni de sa mémoire.

— Avec qui me marier?

— Les deux messieurs de Lorraine ont affiché hier leurs prétentions et leur rivalité.

— Le cardinal a d'autres projets.

— Il ne les aura plus, maintenant que le roi vous a marqué son indifférence. Il dépendra de vous d'être duchesse de Lorraine, et vous seriez-folle d'hésiter.

Marie ne répondit pas; l'assurance avec laquelle cette rivale détrônée lui parlait de sa propre chute lui en révélait l'étendue.

— Quant à vous, Hortense, si vous n'étiez pas une enfant, vous seriez reine d'Angleterre avant six mois; mais je dis reine régnante à Londres, et possédant vos trois royaumes. Vous n'aurez jamais assez de volonté pour cela.

— Je ne le puis sans mon oncle, et mon oncle, vous le savez, a déclaré que cela ne serait point.

— Le cardinal veut avoir la main forcée, ma pauvre enfant. Consentez-y seulement, laissez-moi agir, faites ce que je vous dirai, et vous m'en remercierez bientôt.

— Allons donc! interrompit Marie, c'est une extravagance; vous ne réussirez pas; ne mettez pas dans la tête de cette enfant des chimères de trône et de couronne; elle nous donnera de nouveaux soucis, et voilà tout.

Madame de Soissons avait plusieurs motifs en désirant faire de sa sœur la femme de Charles II. Le premier, de se débarrasser de sa beauté, qui la gênait à la cour de France; le second, de se créer un appui et un lieu de refuge, au cas où la faveur du roi viendrait à lui manquer; le troisième enfin, la vanité de placer sa sœur sur un des plus brillants trônes du monde, de pouvoir régner peut-être sous son nom. Enfin le mariage d'Hortense avec un duc de Mazarin, possesseur de l'immense fortune du ministre, l'offusquait. Elle essayait à lutter contre la toute-puissance du cardinal mourant, et elle espérait l'emporter en se servant de l'éloignement d'Hortense pour M. de la Porte.

— Quelque habile que vous soyez, Marie, reprit-elle en se pinçant les lèvres, suivant son habitude, vous ne pouvez deviner ce qui se passe loin de vous. Le roi d'Angleterre est très-épris d'Hortense; la reine, sa mère, n'a pas d'autre désir que celui de les marier, et M. de Turenne s'est mis en tête que cette union s'accomplirait. Tous les trois sont d'accord pour un enlèvement; il ne s'agit plus que de décider mademoiselle de Mancini, et c'est pourquoi je l'ai priée de venir ce matin.

— Un enlèvement! s'écria Hortense; mais je n'aime pas le roi d'Angleterre, et l'on ne se laisse enlever que par un homme qu'on aime.

— Il s'agit bien d'amour, en vérité! Il s'agit de la grandeur de notre maison, de notre avenir à toutes. Moi, femme d'un prince de Savoie et du sang de France; ma sœur Laure ayant laissé deux garçons au duc de Mercœur, deux princes de Vendôme, petits-fils de Henri IV; ma cousine, Marie Martinozzi, princesse de Conti; mon autre cousine, Laure Martinozzi, duchesse de Modène; Hortense, reine d'Angleterre; Marie, duchesse de Lorraine, qui donc oserait s'attaquer à notre race? Ne pousserait-elle pas des branches vigoureuses dans toute l'Europe? Marianne épouserait certainement aussi un prince de maison régnante, et quant à Philippe, le cardinal, forcé de renoncer à son projet et nous voyant toutes si hautement pourvues, en ferait un duc de Mazarin.

Hortense ne comprit guère cette héroïque nomenclature, sa pensée était toute au prince de Courtenay, qui eût pu la placer si haut avec lui ; elle n'avait ni un désir ni un regret pour le trône qui lui était offert. Marie, plus ambitieuse, ouvrit les oreilles et fut un instant éblouie : elle pourrait lutter avec son infidèle ; étant si bien soutenue, elle ne serait point une abandonnée, elle aurait contre lui appui et protection.

— Olympe a raison, dit-elle, il faut tenter cela. Vous y gagnerez au moins de perdre ce petit de la Porte, que vous ne pouvez souffrir, ni moi non plus.

— Non, non, répliqua Hortense rêveuse ; non, ne me parlez point de ces desseins. Je ne suis pas faite pour être reine ; l'esclavage des cours me serait odieux, et puis...

— Et puis, vous avez dans la tête cette chimère du Courtenay, n'est-ce pas? un mendiant, un orgueilleux, qui vous a refusée, qui s'en est allé se faire arquebuser chez les Barbaresques. Un beau chevalier errant pour lui sacrifier un diadème !

— Ma sœur !

— Mon Dieu ! l'on ne vous force point ; mais ne venez pas vous plaindre ensuite. Vous disiez à Brouage que, pour vous délivrer de cette prison, vous épouseriez même le de la Porte ; à présent, pour vous délivrer de lui que vous haïssez, vous refuseriez le roi de la Grande-Bretagne ! La prison est donc plus odieuse qu'un mari donné de force ?

Marie reprit sa litanie de son côté, Olympe recommença ensuite ; pendant plus de deux heures Hortense fut obsédée par l'une et l'autre ; elles finirent par lui arracher un consentement dont elle se repentait cinq minutes après. Madame la comtesse n'était pas disposée à le lui faire rendre.

— Vous allez voir dans quelques instants un jeune gentilhomme chargé des intérêts de Sa Majesté anglaise et qui doit lui porter la réalisation de ses voeux. Il va entendre de votre bouche les paroles tant souhaitées et partira ce soir même pour la Hollande. Avant quinze jours, il sera ici, chargé des instructions de Charles II ; ce prince vous attendra sans doute au Havre ou à Dunkerque, avec quelque vaisseau, pour vous emmener dans sa retraite. De là, vous ferez la loi à Son Éminence ; il ne lui restera plus qu'à se consoler et à vous envoyer de quoi reconquérir l'Angleterre. Tout est prêt, tout est mûr ; puisque vous ne refusez plus, il n'y a point d'obstacles. Je vous recommande le négociateur, poursuivit Olympe en rougissant malgré elle : c'est le marquis de Vardes. Il se trouvera bien au fond de votre cassette quelque petit demi-million à fui offrir. Pensez à ce qu'il risque si notre cher oncle découvre son intervention : la Bastille, ou peut-être pis encore.

Marie et Hortense échangèrent un sourire; la liaison d'Olympe avec le beau courtisan commençait à faire du bruit. Elle s'en était servie d'abord pour donner de la jalousie au roi, et, comme elle n'avait pas réussi, elle le prenait au sérieux. Elle l'aimait autant qu'elle pouvait aimer; ce fut la seule passion réelle de sa vie.

Dans l'après-midi, on annonça de Vardes. C'était, avec le comte de Guiche, le chevalier de Rohan, et le comte de Puyguilhem, un des cavaliers les plus accomplis de cette cour splendide où brillaient tant de jeunesse et d'espérances. Il se montra enchanté, fit mille protestations de dévouement, assura qu'il était prêt à partir, et que la reine Henriette, ainsi que le roi Charles, allaient en mourir de joie. Bien qu'il débutât à cette époque, le marquis de Vardes avait déjà l'astuce d'un courtisan émérite.

Il tenait à madame de Soissons à cause de son nom et de son importance, il l'aurait sacrifiée à la première puissance supérieure qui se serait offerte à lui, ainsi qu'il le fit plus tard. Il écouta très-respectueusement ses recommandations, et, au moment de prendre congé, il demanda à la comtesse, avec un demi-sourire, si les constellations étaient favorables à son voyage et si elle les avait consultées.

— Pas encore, répondit celle-ci. La Voisin doit m'attendre dans l'observatoire de la reine Catherine et de Côme Ruggieri; je vais y conduire mes sœurs et vous-même, si vous le désirez; nous saurons tout de suite à quoi nous en tenir.

— J'ai rencontré la Voisin dans la cour, reprit M. de Vardes; c'est une singulière femme; elle regarde les gens de façon à les déconcerter. Nous sommes de vieilles connaissances; j'ai été une de ses premières pratiques, le chevalier de Sainte-Croix m'a conduit à son antre; elle m'a fait de singulières prédictions. Cela ne la rend pas plus aimable; elle m'honore de son antipathie.

La mode des devins était à cette époque si généralement accréditée, que les hommes les plus sceptiques s'adressaient à eux. Ils essayaient d'en rire, pourtant ils y croyaient au fond. M. de Vardes feignit d'accepter comme une complaisance et comme une moquerie la consultation proposée, et n'en suivit pas moins les dames, aussi inquiet qu'elles-mêmes de ce que l'oracle allait annoncer.

L'hôtel de Soissons, on le sait, avait appartenu à Catherine de Médicis, qui le fit reconstruire presque en entier et qui y disposa ses fameux cabinets d'alchimie, dont Côme Ruggieri, son astrologue, avait la jouissance. Il était situé sur l'emplacement de la halle au blé; la colonne que l'on y voit encore leur servait pour étudier les astres. Olympe Mancini, très-croyante aux sciences occultes, avait rendu ces lieux célèbres à leur première destination; elle y faisait venir l'un après l'autre, les sorciers et sorcières dont elle entendait parler. Cette place appartenait sans partage à Catherine Deshayes, notre ancienne connaissance, dont la réputation avait fait d'immenses progrès. Elle savait maintenant les secrets de la cour et de la ville. Les faibles scrupules qu'elle conservait encore la dernière fois que nous l'avons vue s'étaient dissipés; elle courait à grands pas sur le chemin de la fortune. Sa liaison avec le chevalier de Sainte-Croix et madame de Brinvilliers, plus intime que jamais, la mettait à même de rendre à ses pratiques des services de tous les genres. Elle ne s'en faisait faute, et jusque-là, comme longtemps depuis, l'impunité l'encourageait de plus en plus.

Lorsque l'illustre compagnie entra dans la petite pièce où elle étudiait, tout était préparé pour la recevoir. Voisin fit signe à la comtesse de ne point la déranger dans un calcul important; le cœur d'Hortense battait bien fort. Après quelques minutes, la sibylle l'appela, et la regardant avec une fixité profonde, elle lui demanda sa main gauche, qu'elle examina aussi fort longuement. Quelque chose de semblable à la pitié et à l'intérêt se peignit sur sa physionomie; elle se rappela Roger, qu'elle avait aimé véritablement, elle se rappela ses bontés pour elle, l'amour qu'il portait à cette belle fille, à laquelle il avait renoncé par un excès d'honneur qu'elle ne comprenait point. Ce mouvement, si rare chez elle à présent, lui fit du bien; elle ne le combattit pas.

— Je voudrais entretenir cette jeune demoiselle un instant seule à seule, dit-elle.

C'était un ordre, tout le monde sortit. Hortense n'osait pas lever les yeux. Lorsqu'elles furent en tête-à-tête, la Voisin lui serra la main qu'elle tenait et reprit:

— Rassurez-vous, mademoiselle, et écoutez-moi. Je vous connais depuis longtemps, bien que je vous voie aujourd'hui pour la première fois. J'ai souvent consulté pour vous les esprits et je sais votre destinée. Vous êtes bien belle, trop belle pour votre bonheur; vous aimez un homme qui vous aime aussi. Il est éloigné, il semble vous avoir oubliée, il n'en a que l'apparence. Vous le reverrez un jour et vous serez heureuse avec lui. Ayez patience jusque-là et ne vous inquiétez pas de ce qui arrivera. Laissez-vous vivre, suivez les événements sans nombre dont votre existence se remplira. Vous ne pouvez les empêcher, ni les surmonter même, il faudrait pour cela changer votre caractère et changer votre étoile, cela ne dépend pas de vous. Vous avez deux ennemis acharnés, un homme et une femme. Votre beauté et votre fortune vous les ont donnés. Vous en aurez d'autres dans votre propre famille. Défiez-vous de tous, et tâchez de dissimuler. Vous êtes née sous l'astre de l'amour, il dominera vos aventures jusqu'au dernier de vos moments; vous ne l'empêcherez point, c'est en vain que vous vous y essayeriez, ainsi ne vous en tourmentez pas.

Hortense dévorait ces paroles, elles s'incrustaient dans son cœur et dans sa mémoire; elle brûlait d'interroger la Voisin, le désir de savoir lui donna de la hardiesse.

— *Et lui*, interrompit-elle timidement, *lui*, où est-il? Est-il à l'armée du duc de Beaufort, ne lui arrivera-t-il pas malheur?

— Il est à l'armée de M. de Beaufort, en effet. Il en reviendra sain et sauf, couvert de gloire, mais sans avenir et sans richesses.

— M'aime-t-il encore?

— Plus que jamais.

— Et... cette union dont on parle... ce voyage qui va s'accomplir... ces projets... cela réussira-t-il?

— Qu'il vous suffise de savoir ce qui vous concerne, ma chère enfant. Vous vous marierez bientôt, vous aurez à surveiller votre entourage, car on vous tendra bien des piéges; vous serez riche, adorée, une des premières dames du monde. Quant au reste, ne me le demandez pas ; plus tard... après vôtre mariage, nous nous reverrons ; tout ce que je pourrai pour vous sera fait, car je vous aime à cause de *lui*.

— Et vous me promettez qu'il m'aimera, que nous serons heureux...

— Je vous le promets.

— J'aurai de la patience, alors.

— Bien ! il vous en faudra, et du courage aussi. Maintenant, rappelez-les ; madame de Soissons n'aime pas à attendre ; observez-la toujours, madame de Soissons, mademoiselle ; ne vous fiez point à elle ; et, souvenez-vous-en, vous avez dans ceux qui vous ont approchée de plus près deux ennemis que rien n'apaisera et que je vous signale. Je vous le répète, parce que vous êtes capable de l'oublier. Ne me trahissez pas au moins, vous me rendriez impuissante à vous servir.

Madame de Soissons reparut suivie de Vardes et de Marie.

— Monsieur, dit la Voisin, vous pouvez partir.

— Mon voyage réussira ?

— Il vous réussira si vous savez vous y prendre, et vous le saurez. Ce voyage décidera certainement une alliance et une grande fortune pour la personne dont vous vous occupez. Mille intrigues se croisent pour l'empêcher ;

mais il est écrit dans les astres, et il aura lieu. C'est là tout ce que je peux vous apprendre aujourd'hui; je suis chargée d'une grande affaire et je n'ai guère de temps à disposer. Madame la comtesse voudra bien me permettre de retourner chez moi, où je suis attendue. Mademoiselle, souvenez-vous! ajouta-t-elle en se retournant vers Hortense.

— Et moi, moi, Voisin, dit Marie, ne voulez-vous pas me donner un instant?

— Vous, mademoiselle! votre étoile est si voilée qu'il me faut attendre qu'elle s'éclaircisse.

— Ah! fit Marie, frappée d'un triste pressentiment, cela est cruel.

— Bientôt... On m'attend.

Elle salua à la ronde et s'éclipsa si vite, par une petite porte cachée dans la tapisserie, qu'on n'eut pour ainsi dire pas le temps de la voir.

— Ah! s'écria Vardes en riant, me voilà tranquille, je puis saluer la future reine d'Angleterre et me mettre en route bien lesté de présages.

— Le plus grand silence surtout, ajouta Olympe; nous ne réussirons qu'à ce prix. Si mon oncle vous interroge ce soir, mesdemoiselles, taisez-vous! Hortense, ne lui résistez pas, promettez tout, gagnez du temps, il n'en faut pas davantage. Retournez maintenant au palais

Mazarin, n'inspirons point de méfiance et endormons les soupçons. Si j'ai quelques nouvelles, Dominique vous les transmettra.

— Dominique, dit Hortense, l'âme damnée du cardinal! Êtes-vous sûre de lui?

— J'en suis sûre, soyez tranquille.

— Et moi aussi j'en suis sûre, poursuivit Marie.

— Il faut donc s'en rapporter à vous, mes sœurs; quant à moi, je n'ai pas la même confiance.

Elles s'embrassèrent, suivant l'usage du temps, un grand nombre de fois et partirent. M. de Vardes resta avec madame la comtesse, qui lui devait ses dernières instructions. Elle se fit de nouveau excuser au cercle de la reine et ne reparut que le lendemain.

A dater de ce moment, la reine d'Angleterre combla Hortense de caresses et d'attentions. Elle ne lui dit pas un mot des projets formés, mais ses regards, ses gracieusetés, tout parlait pour elle. Un jour, auprès du lit du cardinal, elle s'adressa à la reine-mère.

— J'ai reçu d'excellentes nouvelles de mon fils; il a le plus grand espoir; il lui est arrivé un ambassadeur, qui l'a comblé de joie; il va être bientôt au comble de ses vœux.

— Ses sujets le rappellent donc? Je l'apprendrais avec bonheur, reprit Louis XIV.

— Oui, tout va bien.

Hortense comprit et rougit jusqu'aux yeux. Elle ne savait si elle devait être contente ou fâchée. La prédiction de la Voisin ne lui sortait pas de l'esprit. Elle reverrait Roger, ils s'aimeraient et seraient heureux, elle ne voulait penser qu'à cela. Madame de Soissons prit un air triomphant, et Marie dit tout bas à sa sœur :

— Vous allez être reine, et vous vous assoirez au-dessus de madame Anne, qui nous traite du haut de sa couronne; ceci me consolera.

— Hélas! cela me consolera-t-il, moi! pensa Hortense.

Le jour suivant, madame de Soissons vint de très-bonne heure au palais Mazarin; avant de voir le cardinal, elle passa chez ses sœurs et alla droit à l'appartement d'Hortense, à qui Dominique donnait une leçon de musique. Elle n'attendit pas qu'il fût sorti, et cria dès la porte à la future reine :

— Tenez-vous prête, c'est décidé, le marquis arrive, il y a une heure.

— Mon Dieu! murmura la jeune fille, qui se sentit défaillir.

— Ne vous laissez pas dominer par votre émotion, ma mignonne, nous avons besoin de votre courage, l'entreprise est hardie, et...

— Nous en causerons tout à l'heure, interrompit Hortense; Dominique, ma leçon est terminée, tu peux passer chez Marianne, elle doit t'attendre.

Dominique sourit et ne bougea pas.

— Il sait tout! ajouta madame la comtesse, en riant aussi, c'est lui qui a reçu les lettres du marquis, c'est lui qui doit vous conduire après-demain jusqu'au carrosse de la reine d'Angleterre, dans lequel vous partirez.

— Sans doute, madame, continua Dominique en fléchissant le genou, et que Votre Majesté veuille bien recevoir l'hommage de son très-humble serviteur.

Hortense cacha son visage avec sa main; elle pleurait sans savoir au juste si c'était de joie ou de douleur. Ce qu'elle entendait lui semblait un rêve, et, malgré la confiance de ses sœurs, un instinct secret lui soufflait de se défier de Dominique. Cet homme lui faisait peur.

Olympe lui expliqua les arrangements pris. Elle quitterait Paris le soir, après le souper du roi, où elle ne paraîtrait point; elle se dirait malade et s'enfermerait chez elle, ainsi qu'elle le faisait dans ses jours de bouderie. Le carrosse de la reine d'Angleterre l'attendrait à la porte du palais; elle y monterait avec M. de Vardes; elle en trouverait un autre, attelé de chevaux de relais, sur la route de Saint-Denis; on en avait disposé jusqu'à Dunkerque, par des chemins de traverse, et là le roi l'attendrait dans un navire hollandais. Ils se marieraient à Anvers, de cette ville ils écriraient au cardinal, qui n'aurait plus qu'à se soumettre. Milady Arlington et deux seigneurs de la suite de la reine Henriette l'accompagneraient avec le marquis et la remettraient entre les mains de Charles II. Ce plan était immanquable; on ne se doutait de rien et aucun obstacle n'était possible.

Hortense écouta sans interrompre; lorsque madame de Soissons eut fini, elle lui répliqua seulement:

— Ma sœur, souvenez-vous que je n'aime pas le roi d'Angleterre.

— Vous l'aimerez! On aime toujours un roi; et si l'on n'aime pas le roi, l'on aime la couronne.

En dépit de ses efforts, mademoiselle de Mancini fut rêveuse pendant ces jours d'attente; le cardinal en fit l'observation; elle s'excusa sur une incommodité qui augmenta au point de la forcer à garder la chambre, où madame de Venelle même ne put pénétrer. Marie seule y fut admise; elle l'aida dans ses préparatifs; elle soutint son courage chancelant en lui montrant son mariage avec M. de la Porte comme la conséquence de son refus. Hortense pleurait à chaudes larmes, l'heure approchait, elle sonna enfin, et Dominique parut. Les deux sœurs se jetèrent dans les bras l'une de l'autre.

— Allez, allez! dit Marie, nous nous reverrons bientôt, et vous nous sauverez.

Ce fut un moment déchirant; Dominique entraîna la future reine cachée dans ses coiffes; il la fit pâsser par des degrés intérieurs et des corridors étroits qu'elle ignorait, où ils ne rencontraient que des gens de service. Au moment où ils entrèrent dans le jardin, un homme enveloppé d'un manteau leur barra le passage; il prit le bras de mademoiselle de Mancini, et lui dit d'une voix sourde:

— Vous vous trompez, mademoiselle, ce n'est pas par là qu'il faut aller.

X

L'ONCLE ET LA NIÈCE.

Hortense se laissa conduire sans oser résister, elle ne comprenait plus rien à son aventure; un geste de l'inconnu avait écarté Dominique, elle se trouvait seule avec ce nouveau-venu. Il ne lâchait pas sa main et la conduisait dans l'obscurité, en homme à qui les êtres sont familiers et qui sait bien qu'il ne se trompera pas. On remonta plusieurs degrés, enfin l'on arriva à une pièce éclairée seulement par une de ces petites lampes alors en usage dans les cabinets de service et qui ne ressemblaient point à nos belles lumières d'aujourd'hui.

L'homme ouvrit la porte, et mademoiselle de Mancini recula effrayée ; elle était dans la chambre du cardinal, et il l'attendait seul dans son lit, l'air fort calme et fort tranquille, bien que sa pâleur fût plus cadavéreuse que la veille. En l'apercevant, il lui fit signe d'avancer jusqu'à lui, il lui souriait tristement ; Hortense atterrée restait debout à la même place, il lui semblait que le palais lui tombait sur la tête.

— Venez donc, mademoiselle de Mancini, venez donc prendre de ma main votre couronne ; aura-t-elle moins de prix parce que je vous l'aurai donnée ?

La jeune fille approcha à pas lents, la porte se referma ; elle se trouva absolument seule avec le ministre, ne soupçonnant pas le dénoûment de cette scène, et se demandant ce qu'elle allait répondre.

— Asseyez-vous, Hortense, et écoutez-moi.

Elle obéit machinalement. Le cardinal toucha un gros rouleau de papiers, posé sur une table à côté de lui, il les examina, puis il les posa de nouveau. Cette attente habilement calculée redoubla les angoisses de la jeune fille ; elle eût voulu interroger son oncle pour y mettre un terme, elle n'osait pas. Il reprit sans la regarder :

— Vos plans sont mal conçus, mademoiselle ; vous ne savez pas conspirer, vous choisissez des confidents qui vous trahissent et vous employez des moyens usés ; il n'est pas besoin d'avoir mon âge et mon expérience pour déjouer de pareilles sornettes. Le roi d'Angleterre n'est point amoureux de vous, et la preuve, c'est qu'il a près de lui une jolie Espagnole dont il est fou, et qu'il ne comptait point abandonner en vous épousant.

Hortense fit un mouvement qu'elle ne put retenir.

— Cela vous étonne et vous ne me croyez pas. Je vous en montrerai les preuves. Ce n'est pas tout, en même temps qu'il vous faisait enlever, on sollicitait de sa part la main de deux princesses, l'une en Portugal, l'autre en Italie. Si une de ces unions avait été acceptée, peut-être eussiez-vous trouvé une réception un peu énigmatique. Le roi Charles II est de précaution. Il voudrait mon argent pour racheter son trône, et moi je ne compte pas le lui offrir. Ma fortune s'est faite en France, elle ne sortira pas de France; d'ailleurs, vous n'êtes point pour être reine, il y a en vous trop de l'Italienne pour que vous pussiez jouer avec honneur ce rôle en Angleterre, surtout avec un prince tel que le Stuart. Vous seriez malheureuse et je ne le veux pas, vous seriez déplacée et je ne le souffrirai point.

Mazarin se tut subitement, une vive douleur lui coupa la parole; Hortense était tout à ses pensées et à ses craintes.

— Renoncez donc à vos espérances chimériques, reprit le malade lorsqu'il se sentit la force de parler. Vous êtes fiancée volontairement; pendant votre séjour à Brouage, vous avez plusieurs fois manifesté le désir de voir votre union se réaliser; de mauvais conseils vous ont entraînée, et sans ma vigilance vous étiez perdue peut-être. Je suis fort malade, ma nièce, je n'ai pas longtemps à vivre; il faut que j'aie réglé votre sort avant de mourir. Voici mon testament. Voici la donation que je fais de tous mes biens au duc et à la duchesse de Mazarin, moins quelques legs particuliers que vous respecterez, je n'en doute pas. M. de la Meilleraie est déjà grand maître de l'artillerie, il aura les gouvernements d'Alsace, de Bretagne et de Vincennes; vos revenus monteront à plus de deux millions en dehors de ceux de ces places. Je vous laisse ce palais et les immenses richesses qu'il renferme, mes tableaux, mes statues, mes objets d'art, mes pierreries. Vous serez plus riche qu'une reine, plus riche que Mademoiselle, la plus riche princesse de l'Europe; je vous fais un sort que l'univers entier vous enviera.

— Mon oncle...

— Je sais que vous n'avez pour moi ni amitié, ni reconnaissance. Vous et vos sœurs, vous êtes des ingrates, votre frère est extravagant. Dieu me punit en vous. Excepté ceux qui sont partis pour le ciel, pas un, dans ma famille, ne mérite le bien que je lui fais. Il m'a repris ce qu'il y avait de bon, la duchesse de Mercœur et votre frère aîné.

Hortense savait qu'il ne se trompait pas, et leurs sentiments pour leur bienfaiteur n'étaient que de la rancune. Néanmoins elle essaya de défendre sa liberté.

— Monseigneur, dit-elle, avez-vous réfléchi à l'union que vous souhaitez conclure. M. de la Porte est-il capable de soutenir le rang que vous lui imposez? M. le maréchal est venu l'autre jour, je le sais, vous supplier de lui épargner ce fardeau; il a la tête faible, il n'a jamais été initié aux affaires du gouvernement, et...

— M. de la Porte est votre fait, mademoiselle; il saura diriger sa fortune, il ne mangera pas vos biens, il a des goûts simples, il vous aime passionnément; vous serez heureuse, vous dis-je, c'est ce qui vous convient.

— Mais, monsieur, mes sœurs et mes cousines ont épousé des princes, elles sont de grandes dames, et moi...

— Et vous, vous serez la duchesse de Mazarin, mademoiselle; ce nom est plus illustre que celui de tous les princes.

— Cependant, mon oncle, M. de la Porte ne sort pas de grande souche, à ce qu'on assure.

— Chansons!

— Son grand-père était avocat, son aïeul était apothicaire: leur nom de la Porte leur vient de ce qu'un de leurs ancêtres était portier.

— Vous croyez ce qui me désoblige, mademoiselle; vous connaissez pourtant les méchancetés et les calomnies de cette mauvaise race de frondeurs. Le maréchal est mon ami; il m'a toujours soutenu, même dans mes moments difficiles; ne pouvant attaquer son mérite, ils ont attaqué sa naissance.

— Monseigneur, si cela n'était point, on n'oserait pas le dire si haut.

— Et n'a-t-on pas imprimé, chanté par tous les carrefours, que mon père, l'époux d'une Ursini, était un pêcheur sicilien? Vous verrez plus tard et par votre expérience le cas qu'on doit faire des propos.

Hortense, battue sur tous les points, ne trouvait plus de refuge; elle tenta le dernier moyen.

— Monseigneur, je n'aime pas M. de la Porte; je ne l'aimerai jamais.

— Vous n'aimiez pas le roi d'Angleterre; vous l'avez répété plusieurs fois à votre sœur et à vos complices; vous l'épousiez pourtant.

— Ah! c'est autre chose.

— A Brouage, vous appeliez M. de la Porte de tous vos vœux.

— J'étais en prison.

— Vous vous y ferez, Hortense; un jeune mari, très-bien fait, passionné de vos charmes, une fortune immense, votre beauté, votre esprit, que vous faut-il de plus? Vous seriez aussi ingrate envers la Providence qu'envers moi si vous vous plaigniez.

Mademoiselle de Mancini ne pouvait cependant rentir ses larmes, elles coulaient une à une sur son visage et roulaient comme des perles. Le cardinal, épris de la beauté, en véritable artiste, la regardait avec admiration. Cette douleur le toucha : il n'était pas méchant et il aimait sa famille.

— Ma pauvre Hortense, vous êtes une enfant et vous serez bien malheureuse si vous ne savez pas mieux commander à vos entraînements. Consolez-vous et voyez le meilleur côté des choses.

Hortense pleurait plus fort, elle comprenait l'effet de ses larmes, et elle espérait un peu.

— Dans quinze jours, continua le ministre, vous serez mariée : il faut ce temps pour préparer vos habits ; je veux qu'ils soient des plus magnifiques et que la cour déploie en cette occasion toutes ses splendeurs. Je vous donnerai une partie de mes joyaux ; je vous logerai dans l'appartement d'honneur ; vous aurez des équipages commandés pour le roi et que son épargne ne peut payer ; on vous les montrera dès demain, ils défileront dans la cour.

Ces séductions glissèrent sur le cœur de mademoiselle de Mancini ; accoutumée à la magnificence, elle ne se laissait point éblouir par ces promesses ; elle ne remercia même pas.

Le ministre garda encore quelques instants le silence.

Hortense remarqua l'embarras de son oncle.

— Mon enfant, dit-il enfin, j'ai quelque chose à vous demander, et je compte que vous ne me refuserez pas.

— Ah! monseigneur, vous êtes le maître et vous me le prouvez bien.

— Vous me bénirez plus tard si vous me maudissez aujourd'hui. Je vous donne tout, je viens de vous le dire, excepté quelques legs. Il en est un que je ne puis compléter qu'avec vous. Le secret qu'il cache ne doit être jamais révélé.

— Je suis discrète, mon oncle.

— Vous le serez d'autant plus que vous ne saurez pas la vérité. Il s'agit de Julia Milliani, il s'agit de Dominique.

— Ah! répliqua Hortense, vos deux indispensables.

— Si vous avez quelque respect pour ma mémoire, ménagez Dominique, portégez-le, faites-lui remettre soigneusement la somme que je lui laisse, et s'il vient réclamer davantage ne le refusez pas.

— Il est déjà gorgé de vos bienfaits.

— Il sait trop de choses, mon enfant, murmura-t-il; il peut inventer des calomnies et leur donner un air de réalité; je ne serai plus là pour me défendre et je ne veux pas être accusé de meurtre, entendez-vous?

— Mon oncle!

– Ah! mademoiselle, vous ignorez ce qu'il en coûte pour monter au faîte lorsqu'on est né dans la foule; vous ignorez avec quels matériaux s'élèvent une fortune et une puissance telles que les miennes. Puissiez-vous ne jamais l'apprendre!

Une douleur plus vive que les autres contracta ses traits. Hortense était sérieuse et ne répondait pas.

— Quant à Julia...

Il s'arrêta encore, l'effort semblait au-dessus de ses forces.

— Julia a été élevée près de vous, mon oncle, c'est votre protégée, votre pupille, vous nous avez ordonné de la traiter en amie, et tout à coup, sans que rien de notre part ait motivé sa conduite, elle est devenue d'une insolence insupportable, elle a montré des prétentions que vous n'autorisiez point, sans doute, et vous savez enfin comment elle a couronné l'œuvre. Il faut donc vous dire, à mon grand regret, que je ne puis, que je ne veux plus accueillir chez moi mademoiselle Milliani; elle m'a fait trop de mal, je ne lui pardonnerai jamais.

Mazarin rougit légèrement.

— Quoi! pas même si je vous le demande à mon lit de mort?

— Ne m'y obligez pas, monseigneur, je vous en conjure. N'est-ce pas assez de m'imposer un mari que je déteste, sans encore me forcer à recevoir cette...

— Au moins ferez-vous ce que je vais vous prescrire, j'espère. Voici une lettre et un paquet qui doivent lui êtres remis; ils lui appartiennent, et personne, je dis *personne*, surtout vos sœurs, surtout Dominique, ne doit savoir que vous êtes chargée de ce soin. Je vous donne mon grand cabinet de laque, vous en trouverez le plan dans le premier tiroir. Ces deux objets seront placés par vous dans le secret le plus mystérieux de ce meuble. Lorsque Julia reviendra, vous les lui remettrez à elle-même, à elle seule. Julia aussi veut être ménagée; elle est capable de grands emportements; elle a de grandes facultés.

— Pour le mal.

— Peut-être; et, pour le bien, il ne s'agit que de la diriger. J'ai eu tort de la pousser à bout: c'est encore pour vous que je l'ai fait. Qu'elle ne manque jamais de rien; elle a le droit d'être secourue et protégée par tout ce qui tient au nom de Mazarin. Cet entretien est probablement le dernier et le seul que nous aurons sans témoins avant que Dieu m'appelle à lui; il a déjà duré trop longtemps au gré de votre impatience et à la mesure de mes forces. Il fallait cependant vous prévenir. A présent, rentrez chez vous. Vos complices sa vent que le coup est manqué; ils n'iront pa vous y chercher ce soir. Avertissez Mari qu'elle prenne garde à elle et qu'elle se hât d'accepter un protecteur; les dispositions n sont pas amicales ici à son égard; lorsque j n'y serai plus, elle pourrait s'en apercevoir J'ai fait pour vous tous plus que le possible et pas un de vous ne me regrettera. Cett pensée ne m'est plus amère, j'y suis accoutumé mais votre ingratitude ne vous portera pas bonheur.

Il chercha sous son chevet la clef de son cabinet de laque, la retint un instant dans sa main, et la donna avec un grand soupir à mademoiselle de Mancini.

— Ouvrez la petite porte, déposez la lettre et le paquet, continua-t-il; prenez le plan, emportez-le pour l'étudier. Demain le meuble sera dans la chambre à coucher d'honneur, avec ce qu'il renferme; tout est à vous. Hélas! c'est déjà quelque chose qu'il me faut quitter!

Hortense balbutia un remercîment, elle avait hâte de partir. Ces confidences tronquées ne la satisfaisaient pas, et le nom seul de Julia la mettait hors d'elle-même. Sans la prophétie de la Voisin, sans sa recommandation d'accepter les événements et de se laisser faire, elle se fût révoltée contre une union qui la séparait de Roger et qui lui semblait odieuse.

Mademoiselle de Mancini eut cent fois un refus formel sur les lèvres; elle pensa qu'on saurait la contraindre, elle se représenta la lutte qu'elle devait soutenir, les violences dont son oncle était capable lorsqu'on dérangeait ses projets, elle se rappela l'exil de Brouage et ne se sentit pas la force de combattre; elle préféra s'abandonner au hasard, croire aux félicités promises sans s'inquiéter des moyens qui l'y conduiraient. Cette espèce d'insouciance, difficile à admettre aujourd'hui, était alors une chose naturelle. On avait dans les hautes classes tant d'exemples de bonheurs illicites que l'imagination pouvait facilement en admettre un de plus.

Mazarin, fatigué de cette entrevue, pour lui si pleine d'émotions, congédia de nouveau sa nièce, en lui recommandant de se montrer le lendemain à la messe de la reine.

— Vous êtes tous des modèles d'impiété; si l'on n'a pu parvenir à vous donner la foi en la religion que vous servez, au moins faites semblant, et ne scandalisez personne.

Ces paroles, devenues historiques et répétées si souvent par le ministre à sa famille, ne furent pas plus entendues cette fois que les autres. Hortense parut à la messe parce qu'elle ne put faire autrement; mais elle s'y montra si distraite qu'eût mieux valu n'y pas venir. Madame de Venelle observa qu'elle tenait ses heures à l'envers. Ses yeux cherchaient souvent ceux de la reine d'Angleterre, dont la mine était piteuse; elle avait beaucoup pleuré. Le roi et la reine-mère ne tournèrent pas une seule fois leurs regards vers elle ni vers mesdemoiselles de Mancini. La jeune reine seule fut envers madame de Soissons comme à l'ordinaire. Lorsqu'on sortit de la chapelle, Marie et sa sœur voulurent rentrer au palais Mazarin; leur gouvernante leur dit qu'elles suivraient Leurs Majestés et paraîtraient à la toilette d'Anne d'Autriche.

— Votre mariage doit y être déclaré, mademoiselle, ajouta la bonne dame, et, Dieu merci! je n'aurai bientôt plus à répondre de vous. Votre équipée d'hier passe le reste; si Son Éminence n'eût pas été si malade, je crois qu'elle m'aurait tuée.

Hortense pâlit; Marie essaya de répondre. Madame de Soissons, qui passait, vint à elles, désespérée.

— Prenez votre parti, dit-elle à sa sœur, ils ont décidé que vous seriez la femme de cet imbécile, et vous n'y pouvez résister maintenant. Il est encore le maître, bien qu'il soit mourant, et cet enfant sans énergie le craint comme s'il devait vivre. Ah! quel fantôme de roi lui et la reine-mère nous ont préparé!

Il fallut suivre le flot de la cour. Les nièces du ministre reçurent les mêmes hommages qu'à l'ordinaire. On devinait quelque chose de nouveau; les courtisans flairent de si loin! Lorsqu'elles entrèrent, Anne d'Autriche était déjà à sa toilette; la jeune reine, la reine d'Angleterre, étaient assises à la tête du cercle; le roi se tenait debout près de sa mère, et la foule des courtisans remplissait la chambre. Quand mesdemoiselles de Mancini parurent, la reine-mère prit l'air agréable, le roi fit un pas au-devant d'elles. Marie marchait la première, sa révérence fut contrainte; aucun des augustes personnages ne lui adressa la parole. Hortense espéra qu'il en serait de même pour elle et se disposait à la suivre.

— Un instant, mademoiselle, dit Anne d'Autriche: le roi m'autorise à vous annoncer que, pour montrer à M. le cardinal l'état qu'il fait de tous ses désirs, il a signé ce matin les lettres qui érigent pour vous et votre mari la terre de Chilly en duché. Vous êtes donc dès aujourd'hui duchesse de Mazarin, et vous pouvez vous asseoir.

La voix de la reine démentait ses paroles; elle était sèche et cassante; le désir d'être agréable à Mazarin lui inspirait cette bonne grâce envers Hortense. Elle n'aimait ni elle ni ses sœurs; elle savait leurs sentiments pour leur oncle, et elle les blâmait fort. Mademoiselle de Mancini le comprenait. Son émotion fut très-vive; son sort était désormais fixé. Elle accepta le tabouret qu'on lui apporta et ne fit d'autre remercîment qu'une révérence plus profonde.

— D'aujourd'hui en quinze, ajouta le roi, mademoiselle de Mancini, ou plutôt madame la duchesse de Mazarin, épousera M. de la Porte, grand maître de l'artillerie. Son Éminence ne pourra malheureusement assister à ce mariage, auquel toute la cour se rendra. Nous désirons donner une nouvelle preuve de notre affection pour celui qui a pris soin de notre État pendant tant d'années, et nous voulons honorer sa famille comme celle qui nous est la plus chère après la nôtre.

M. de la Porte, qui brillait au premier rang, prit un air de béatitude; le maréchal de la Meilleraie remercia le roi en termes chaleureux; madame de Soissons eût dû en faire autant, au nom de son oncle et de ses sœurs: la contrariété qu'elle éprouvait était si vive qu'elle ne put s'y résoudre; quant à Hortense, la cour vit des larmes rouler dans ses yeux.

Le cardinal se fit transporter ce jour-là au Louvre: il était ainsi plus près de Leurs Majestés et le dérangement était moins grand. La vraie raison était la douleur qu'il éprouvait d'avoir autour de lui des chefs-d'œuvre qu'il allait abandonner avec la vie. Cette douleur, sans cesse renaissante, le tenait autant que sa maladie. Il espéra s'en distraire en perdant ces bjets de vue. M. de Brienne, son secrétaire, avait surpris une fois se faisant traîner par ominique dans la galerie, admirant ses tableaux et ses statues, s'arrêtant devant chacun 'eux, et disant d'un air désespéré :

— Il faut donc quitter cela !

Puis, passant successivement à d'autres, il joutait :

— Et cela ! et cela !

Il en pleurait ; cet homme était véritablement artiste ; ce qu'il regrettait en mourant, ce 'était ni sa richesse ni sa puissance, c'était art.

Le cabinet chinois fut porté dans la chamre destinée à Hortense. Le lendemain il lui n arriva un autre de la part de son fiancé. elui-là n'était pas en laque, mais en marqueerie. Lorsqu'on le déposa sur une table, auprès de la belle fiancée, son frère et ses deux œurs étaient chez elle. Ils essayaient de la istraire par mille folies. Elle riait de tout son œur et oubliait le mariage. Le présent de M. le la Porte glaça le sourire sur ses lèvres.

— C'est donc vrai ! dit-elle,

— Oui, reprit Philippe, c'est vrai, et il aut que vous vous en consoliez. Voyons donc e qu'il y a dans ce joli cabinet ; si ce sont les dragées, j'en veux ma part.

— Regardez-y ; quant à moi, cela m'est égal.

— Vous êtes dégoûtée, ma belle; quand on a trop, cela est toujours ainsi.

Philippe et ses sœurs cachaient mal l'envie qui les dévorait; cette immense fortune dont on les privait en faveur d'Hortense et d'un étranger, miroitait à leurs regards. Le jeune homme prit la clef, ouvrit le coffre, et resta stupéfait devant un boisseau d'or qui le remplissait en entier; il y avait dix mille pistoles, c'est-à-dire cent mille francs.

— Mon Dieu! s'écria M. de Mancini, voyez donc quelles dragées.

— Celles-là, comme d'autres, sont à vous, Philippe; à vous, Marianne; à vous, Marie; ne vous en faites pas faute, prenez, prenez!

Ils plongèrent leurs mains dans ce tas de pièces brillantes, et bourrèrent leurs poches en riant, en chantant, en dansant; ils en jetèrent sur le tapis et jouèrent au petit palet. Marianne s'approcha de la fenêtre et vit dans la cour un peuple de livrée.

— Ah! dit-elle, qu'il serait amusant de les faire battre en leur envoyant quelques-unes de ces petites médailles jaunes!

Cette idée sembla charmante à cette folle compagnie; ils se mirent sur le balcon, et lancèrent à toute volée une poignée de pistoles. Les laquais étonnés regardèrent d'abord sans oser y toucher; la présence de leurs maîtres les intimidait.

— C'est pour vous, mes braves gens, ne vous gênez pas; buvez à la santé de madame la duchesse de Mazarin.

Ils ne se le firent pas répéter et se ruèrent sur les pistoles. Ce jeu amusa les Mancini; ils redoublèrent. Deux ou trois cents louis y passèrent; madame de Mazarin nous le raconte dans ses *Mémoires*. Plusieurs hommes furent presque étouffés; il fallut les hoquetons du cardinal pour remettre l'ordre. Il ne fut bruit, à la cour, que de cette prodigalité. Les anciens frondeurs en riaient sous cape.

— Cest bien, disaient-ils; les écus que cet illustrissime faquin nous a volés seront restitués au peuple par ses héritiers; ils nous vengeront.

De bonnes âmes s'empressèrent de prévenir le malade, avec de grandes plaintes et force condoléances. Il eut une crise terrible, fit venir les coupables et les tança vertement. Sa colère fut grande, on crut qu'elle l'emporterait. Les Mancini ne s'en émurent point. Le trésor resta en commun et ne fut pas plus ménagé. Chacun y puisa à son tour, si bien qu'on l'épuisa en une semaine. Hortense, ayant acheté une garniture de point de Venise merveilleuse, chercha de quoi payer le marchand; elle ne trouva plus rien.

— Ah! s'écria-t-elle au milieu d'un éclat de rire, les oiseaux sont dénichés.

Ce furent les moindres dépenses néanmoins.

Hortense et ses sœurs se promenaient par la ville du matin au soi dévalisant les boutiques. Les appartements étaient littéralement encombrés d'étoffes, de joyaux, de parures de toutes sortes. Très-sûres que leur oncle ne viendrait pas y voir, les jeunes filles s'accordaient des fantaisies ruineuses. Ce que la duchesse de Mazarin accapara en linge et en dentelles ne peut se raconter. Les tailleurs et les lingères qui confectionnèrent la toilette de noces ne quittèrent pas le travail pendant deux semaines : on les enferma dans un appartement du palais, ils n'eurent pas la permission d'en sortir.

La cour allait et venait du Louvre à Saint-Germain. Le roi et la reine-mère ne passaient pas deux jours sans voir le cardinal, dont les souffrances étaient horribles. Ses nièces le délaissaient ; elles étaient trop occupées de leurs préparatifs. La fiancée se consolait presque en contemplant les magnificences qui l'attendaient, elle était impatiente de mettre sa robe de noces, et l'essayait à chaque instant.

Enfin le moment arriva. Dès le matin, la duchesse se fit éveiller, pour avoir plus de temps devant elle ; sa douleur avait pris le dessus sur ses distractions, elle pleura abondamment. Marie eut beaucoup de peine à la consoler. Elle répétait sans cesse :

— C'est le malheur de ma vie !

— Ma sœur, ma sœur ! répliquait Marianne

on ne peut pas être malheureuse avec un habit comme celui-là.

Cet habit, en effet, était digne des fées Qu'on s'imagine un brocart d'argent, brodé de perles fines et reprisé de chatons de diamants. La jupe de dessus était en point de Venise aussi fin que de la toile d'araignée. On voyait le dessous à travers. Le corsage se tenait droit comme une cuirasse à force de brillants. La coiffure de la mariée resplendissait, malgré sa pâleur elle était si belle ainsi qu'il y eut un cri d'admiration lorsqu'elle parut. Madame de Soissons l'attendait avec Philippe dans la salle du dais, au palais Mazarin; ils devaient la conduire au Louvre, où le mariage se célébrait. Ils montèrent tous en carrosse; une grande foule de peuple les accompagna, poussant des cris de joie. La beauté d'Hortense fut célébrée sur les mille tons de l'enthousiasme.

En arrivant au Louvre, avant de voir Leurs Majestés, tous les Mancini se rendirent dans la chambre de leur oncle, où ne se trouvaient que Colbert et Dominique. Celui-ci, triste et content à la fois, dévorait des yeux sa belle idole. Elle allait appartenir à un autre, mais cet autre elle le haïssait; et puisqu'il ne pouvait l'obtenir, au moins ne connaîtrait-elle point les délices d'un amour partagé. Colbert dirigeait les biens de son patron, et, dans cette importante circonstance, sa présence était indispensable. Mazarin souffrait beaucoup ; il fit bonne contenance pourtant et adressa à ses nièces quelques paroles pleines d'affection, où son mécontentement éclatait malgré lui. Il fit entrer ensuite le maréchal de la Meilleraie et son fils et leur remit la belle duchesse.

— Je vous donne ce que j'ai de plus précieux au monde, messieurs, ma nièce chérie et les biens que je dois à la munificence de Sa Majesté. Remplacez-moi, faites mieux que moi, et souvenez-vous que l'épargne est le fondement et la conservation des fortunes.

Le maréchal de Gramont arriva de la part du roi ; il emmena les mariés et leur suite à la chapelle. La bénédiction nuptiale leur fut donnée par l'évêque de Fréjus, dont les négociations avaient préparé leur union, et qui avait reçu pour ses soins un pot-de-vin de deux cent mille livres. La cour assista à cette cérémonie.

Dans un coin obscur, derrière un pilier, une femme, vêtue de noir, enveloppée de coiffes impénétrables, se tenait cachée. Elle ne fit pas un mouvement tant que dura la messe ; mais lorsque la foule s'écoula et que chacun courut vers le nouveau Louvre pour voir le cortége traverser les appartements, elle quitta sa place et se retira du côté opposé, marchant à pas lents, ensevelie dans ses pensées. Elle gagna la cour des cuisines et un escalier dérobé qui conduisait aux appartements du cardinal, sans hésiter, sans demander son chemin, et sans parler à aucun de ceux qu'elle rencontra sur sa route.

XI

LA MORT D'UN GRAND.

Après la cérémonie, le duc et la duchesse de Mazarin retournèrent dans la chambre de leur oncle. Ils le trouvèrent si mal qu'ils se retirèrent promptement ; à peine eut-il la force de leur parler. On inscrivit cependant les mots qu'il balbutia.

— Vous êtes riches, vous devez être heureux.

Les larmes que la jeune épousée retenait à grand'peine lui répondirent.

Les courtisans firent encore une remarque plus importante peut-être. Le roi s'approcha de Marie de Mancini et lui dit d'un air fort dégagé :

— Eh bien ! mademoiselle, voilà un bon exemple, ne le suivrez-vous pas bientôt ?

— Il en est d'autres que j'aurais dû suivre plus tôt encore, répliqua-t-elle sans se troubler.

Le moment de retourner au palais Mazarin arriva. Madame de Soissons prévint sa sœur qu'elle allait la reconduire chez elle.

— Mon Dieu! dit Hortense, déjà!

Cette réponse courut, on la regarda comme de mauvais augure pour monsieur le duc. Il était si charmé, si ravi qu'il en perdait le sens. Il n'entendait rien, il ne voyait rien; il faisait mille gaucheries. Son père dut le rappeler plusieurs fois à son rôle. Lorsqu'il offrit la main à madame de Venelle, qui accompagnait son élève, il lui prit la gauche au lieu de la droite. Marianne ne manqua pas de le faire remarquer, et s'en alla pouffant de rire.

— Ah! dit le maréchal de Gramont, un mari dont on se moque le jour de ses noces est un homme perdu.

Ces présages réunis firent tirer un horoscope peu flatteur pour la nouvelle union. On en causa toute la soirée. Madame de Châtillon disait d'un air câlin à la reine d'Angleterre:

— Ah! madame, monseigneur le cardinal et sa famille seront punis par où ils ont péché; il fallait un autre choix.

Le cercle se sépara de bonne heure au Louvre, le cardinal s'informa plusieurs fois de ce qui se passait. Malgré son désir il n'avait pu recevoir la cour dans son appartement ce soir-là; ses souffrances étaient trop vives; personne n'était resté près de lui, excepté Dominique; il avait renvoyé Brienne. Une lampe à lueur sépulcrale éclairait seule la chambre. Mazarin souffrait horriblement, il se contraignait pour se plaindre, même devant ce confident de toute sa vie.

— Monseigneur, reprenait celui-ci, votre visage est altéré; vous devez éprouver de grands maux, bien que vous n'en disiez rien.

— Je n'ai pas longtemps à vivre; mon zèle pour le service du roi, les fatigues du gouvernement m'ont tué. Je ne suis pas vieux cependant, et j'aurais voulu durer encore; j'ai tant de choses à accomplir! Maintenant qu'on ne met plus d'obstacles à mes commandements, je pourrais montrer ce que je vaux; mais Dieu n'y consent pas.

— Vous ne mourrez point, monseigneur.

— Je mourrai, Dominique, et c'est tant pis pour toi. Que feras-tu, quand je ne serai plus là, avec la haine que mes nièces te portent?

— Monseigneur, ne vous mettez point en peine, le roi m'honore toujours de ses bontés, et mon logement est retenu à l'hôtel de Soissons.

— Ah! poursuivit amèrement le malade, tu es un homme de précaution.

Il se fit un long silence, après lequel le ministre ordonna à Dominique de se retirer.

— Comment, monseigneur, vous laisser seul en l'état où vous êtes? Si ma présence vous déplaît j'appellerai Bernouin, j'appellerai le médecin de garde. Ils sont là, dans votre cabinet.

— Va les rejoindre et laisse-moi. Je veux

dormir, je veux penser, j'ai besoin de solitude. Je frapperai si j'ai envie que vous rentriez; autrement qu'on ne me dérange point.

Dominique plaça près de son maître la potion ordonnée pour la nuit et se retira sans répliquer. L'affection ne le retenait point, il accomplissait une corvée, c'était son expression.

— Et, ajoutait-il, j'aimerais mieux travailler quinze jours à la terre que de veiller *Pantalon* jouant la comédie, même avec la mort.

Mazarin, resté seul, poussa un grand soupir.

— Ah! murmura-t-il, je vais donc pouvoir souffrir à mon aise!

Il ne retint plus ses plaintes, et si ses ennemis l'avaient vu en cet instant, ils en auraient eu pitié. Tout ce que la douleur physique et la douleur morale ont de plus aigu se peignait sur sa physionomie.

— Mon Dieu! mon Dieu! de pareilles tortures, et pour arriver à la mort! pour quitter la puissance, les honneurs, les richesses! pour laisser à de sots héritiers les trésors de l'art que j'adorais, que j'ai eu tant de peine à réunir! C'est une grande punition; il faudrait la prendre en esprit de pénitence, et je ne puis pas, je ne puis pas!

Il essaya de prier; les fantômes de son passé tournaient autour de son lit et reportaient malgré lui ses pensées vers des regrets déchirants; il ferma les yeux pour ne pas les voir, et les vit encore. En ce moment la portière de son oratoire se souleva doucement, une main blanche et fine la retint, un visage pâle se montra, à peine éclairé par la lampe; on eût dit d'un de ces fantômes qu'il évoquait tout à l'heure, car on n'entendait pas le moindre bruit; l'apparition ne marchait pas, elle glissait. Elle s'avança jusqu'à la balustrade dorée, entra dans l'alcôve, monta sur l'estrade et resta debout au pied du lit, à demi cachée par le rideau. Le silence régnait toujours, un long gémissement du malade l'interrompit.

— Ah! balbutia-t-il, avoir donné tant de millions et être seul à ma dernière heure! n'avoir pas un ami véritable pour me fermer les yeux!

— Vous vous trompez, Julio Mazarini, vous n'êtes pas seul, répliqua une voix brisée.

Ses paupières s'ouvrirent, sa pupille se dilata comme dans un horrible cauchemar; il voyait devant lui une femme maigre, blême, enveloppée dans une mante noire, dont les regards ardents le transperçaient comme deux épées; il fit un geste pour la repousser.

— Carmen! s'écria-t-il.

— Non pas Carmen, monseigneur, ce n'est pas Carmen, bien que vos remords l'évoquent. C'est Julia, sa fille, *la vôtre!* C'est elle qui vient, à cette heure suprême, vous demander compte de sa jeunesse vouée par vous à la servitude* et au malheur.

Le cardinal poussa un soupir déchirant: il essaya de se retourner.

— Laissez-moi mourir en paix! dit-il.

— Non, car il ne serait pas juste que votre mort fût douce, quand la mort de ma mère, quand ma vie ont été si cruelles. Je vous dirai tout et vous m'entendrez; je vous pardonnerai peut-être si vous réparez vos infamies et si vous consentez à ce que je désire, autrement je vous suivrai comme un spectre vengeur, vous me verrez jusqu'à votre dernier soupir, et le dernier mot qui frappera votre oreille sera le nom de votre victime.

— Que voulez-vous, Julia? hâtez-vous de me l'apprendre; mes moments sont comptés, répliqua le mourant, brisé par l'émotion.

— Monseigneur, je suis votre fille.

— Hélas!

— Vous avez arraché ma mère à son pays, à sa famille, à son père; vous avez rempli ses jours d'amertume, vous l'avez condamnée aux larmes, vous l'avez délaissée lorsqu'elle avait quitté sa belle Espagne, renoncé à un brillant avenir pour vous suivre. Et quand elle gêna votre ambition, quand votre promesse de la nommer votre femme devant les hommes, ainsi qu'elle l'était devant Dieu, devint un obstacle aux destinées que vous rêviez, vous avez tué cette douce créature qui vous aimait tant, vous avez fait votre fille orpheline, monseigneur!

— Moi! s'écria Mazarin, en retrouvant une énergie factice pour se défendre d'un crime, moi! jamais!

— Ma mère est morte empoisonnée, Éminence, elle me l'a écrit; j'ai cette lettre, ce testament tracé par elle; l'ami qui le reçut de sa main me l'a remis à ma vingt-cinquième année, ainsi qu'il en avait l'ordre. Ce témoignage qui s'élève contre vous est irrécusable, c'est celui du seul être qui vous ait véritablement aimé en ce monde.

— Julia, moi aussi je vais mourir, je vais retrouver votre mère; je vous jure sur sa mémoire, sur mon salut éternel, sur la justice de Dieu qui m'attend, je vous jure que je suis innocent de ce meurtre abominable.

— Dominique a versé le poison par votre ordre.

— Dominique a tout fait à mon insu. Il a deviné ma fortune, et la sienne s'attachait à cette espérance. Carmen, que j'aimais encore, lui semblait un empêchement à cet avenir qu'il rêvait pour lui et pour moi, il a sacrifié Carmen.

— Ma mère a écrit que votre main dirigeait celle de ce monstre; je sais par cœur les termes dont elle se sert, je les ai tant répétés! Ma mère n'a pas menti, vous êtes son meurtrier.

Une rougeur d'indignation monta aux joues de cet homme qui défaillait, il retrouva un éclair de force.

— Je prends Dieu à témoin de mon innocence, Julia. Dominique a laissé croire à sa victime qu'il agissait par mon ordre, et, lorsque le crime fut accompli, lorsqu'il me l'annonça lui-même, il eut l'audace d'ajouter que j'étais en son pouvoir, que nous ne pouvions plus nous séparer, et que, si jamais je le chassais, il se proclamerait l'auteur de ce meurtre accompli avec ma participation et dans mon intérêt. J'ai subi vingt ans sa présence en le haïssant.

Je voudrais vous croire, mais le puis-je? Ne m'avez-vous pas sacrifiée comme ma mère? ne m'avez-vous pas placée près de vous et de vos orgueilleuses parentes comme une subalterne? ai-je trouvé en vous les soins, la tendresse d'un père? ma vie n'a-t-elle pas été vouée par vous à la douleur et aux humiliations?

— Ah! que je souffre! exclama le ministre, que cette scène anéantissait.

— Oui, vous souffrez! Mais ma mère et moi nous avons souffert aussi!

— Enfin que voulez-vous, qu'exigez-vous, pour me laisser finir tranquillement mon supplice?

— Je veux mon nom, je veux mon héritage, je veux que justice me soit rendue.

— Ah! fit-il, avec désespoir.

— Je veux chasser les étrangères qui m'ont foulée à leurs pieds, je veux reprendre ma place, je veux que l'avenir rachète le passé. Je n'ai jamais eu de famille, vous ne m'avez point aimée; mon cœur, repoussé de tous les côtés, s'est donné à un seul amour, et rien ne saurait l'en arracher. Il faut que cet amour me rende heureuse enfin. Le prince de Courtenay acceptera de moi la fortune et la puissance, parce que je ne lui imposerai pas l'humiliante condition d'échanger le nom de ses pères contre celui d'un parvenu.

— Le prince de Courtenay ne vous aime pas.

— Il n'aime personne, et il m'aimera. S'il eût aimé votre Hortense, il n'eût pas renoncé à elle ainsi; non, il n'aime que la gloire, et la gloire je la lui donnerai. Fière de lui appartenir, fière d'être son marchepied, je mettrai mon orgueil à m'oublier pour lui, à l'élever plus haut encore. Reconnaissez-moi pour votre fille, traitez-moi comme votre fille, et je saurai ensuite diriger ma vie.

— Vous ignorez donc ce qui s'est passé aujourd'hui même?

— Je n'ignore rien, j'ai tout vu. Cachée dans la foule, j'ai assisté à ce mariage que j'appelais de tous mes vœux puisqu'il sépare Hortense de celui que j'aime. Mais j'ai eu peine à contenir mes transports; dix fois j'ai failli me jeter au milieu de cette fête et leur crier: „Arrêtez! c'est à moi qu'appartiennent ces biens et ces honneurs!" On m'aurait traitée de folle, on m'aurait empêchée de vous voir et tout était perdu. Ah! que ne suis-je arrivée plus tôt! Pourquoi la maladie m'a-t-elle retenue en chemin? Je dévorais l'espace, le temps, et mes forces me trahissaient. Vous étiez si pressé de consommer ma ruine!

— J'ai pensé à vous, Julia.

— Vous m'avez jeté par grâce un morceau de pain, comme à une mendiante. Vous avez cru que je m'en contenterais. J'aime mieux mourir!

— Vous ne voulez donc pas comprendre à quoi m'oblige le caractère dont je suis revêtu? vous me méconnaissez, Julia, et vous me jugez mal. Je vous aimais!

Mademoiselle Milliani fit un signe d'incrédulité.

— Je vous aimais et je vous aime. J'ai largement pourvu à votre sort; bien des marquises envieraient la dot que je vous donne.

— Ce n'est pas une dot qu'il me faut, c'est une fortune, c'est le moyen d'offrir un trône au descendant des rois, c'est l'avenir d'un héros que je dois créer.

Mazarin sourit faiblement.

— L'amour vous égare, mon enfant, reprit Mazarin; ce que vous me demandez est impossible, mes biens ne m'appartiennent plus. J'ai quitté ma maison pour n'y plus rentrer, j'ai dit adieu à mes richesses, à mes trésors, à mes chefs-d'œuvre, j'ai tout donné; le roi lui-même ne pourrait défaire ce qui a été fait.

— Il le faut cependant, monseigneur. Vous allez prononcer des paroles graves, vous allez changer plus d'une destinée: Ou je serai votre fille, ou je serai le mauvais génie de votre race; ou j'aiderai à sa prospérité par tous les moyens possibles, ou je les emploirai à sa destruction. Si je ne vis pas pour le bonheur, je vivrai pour la vengeance; il faut un but à mon âme et aux facultés que vous m'avez transmises. J'ai votre activité et votre ambition; j'ai peut-être votre génie, mais j'ai assurément plus de courage et d'énergie que vous. Si j'avais été Mazarin, la Fronde n'aurait pas eu lieu et Anne d'Autriche serait encore mon esclave.

— Mon Dieu! ne me laissera-t-elle pas mourir en repos!

— Non, jusqu'à ce que vous ayez prononcé un mot, une déclaration; monsieur Colbert veille assurément, monsieur de Brienne n'est pas loin, monsieur de Lyonne peut être appelé; dictez vos volontés, dites que vous vous repentez d'une injustice, et que votre conscience vous oblige à avouer la vérité. Demain, le roi approuvera tout. Il n'aime ni vous ni les vôtres, depuis qu'il a cessé d'être amoureux de vos nièces, vous le savez bien.

— Je sais que vous me torturez. Laissez-moi réfléchir, au moins, laissez-moi chercher les moyens... Je suis épuisé, incapable d'une pensée; attendez à demain...

— Demain, la Bastille ou le Châtelet vous aurait délivré de moi. Non, ce moment ne se retrouvera plus; les chemins qui se sont ouverts alors qu'on ne me soupçonnait point, me seront fermés désormais. Je ne sortirai d'ici que pour habiter l'appartement d'honneur du palais Mazarin, ou pour commencer mon œuvre ténébreuse. J'attends.

Un moment de silence se fit. Mazarin connaissait cette nature indomptable, rien ne pouvait le délivrer d'elle. Il essaya cependant, et avança la main vers le timbre placé près de lui. Elle l'arrêta.

— Vous vous rappelez, monseigneur, que la reine doit être instruite de tout, ainsi que le roi et les grands de l'État. S'il m'arrive quelque accident, mes précautions sont prises.

— Alors que pouvez-vous-craindre? vous êtes plus puissante que moi.

— La mort est plus puissante que nous deux, monseigneur; demain vous serez mort peut-être, ajouta-t-elle avec une froide cruauté.

Le ministre trembla; il crut entendre prononcer son arrêt.

— Lâche! murmura Julia; il a peur de la mort; il ne joue plus la comédie, maintenant.

Il y eut encore un instant de silence; après quoi :

— Voulez-vous? dit-elle.

— Je ne puis... je ne puis...

— C'est... votre dernier mot?

— Pitié, Julia! au nom de votre mère, qui m'aimait tant, ne me forcez pas à déshonorer sa mémoire, à déshonorer sa vie par l'aveu d'une faute cachée, oubliée de tous!

— Il ose invoquer le nom de ma mère!

— Elle ne m'eût pas refusé, elle!

— Ma mère était un ange, et moi je suis votre fille; votre sang maudit coule dans mes veines avec le sien; j'ai puisé à cette source impure ce que j'ai de passions mauvaises. Je suis plus votre fille que la sienne.

Le cardinal fermait les yeux; sa respiration haletante révélait ses douleurs. Julia n'en fut point touchée. Elle continua de le harceler, jusqu'à ce qu'il prononçât contre elle une malédiction qu'il ne put retenir.

— Non, non, mille fois non! s'écria-t-il. Si je vis seulement jusqu'à demain, je vous ôterai même ce que je vous avais donné.

Le visage de mademoiselle Milliani était terrible à voir: ses yeux étincelaient dans l'ombre comme ceux d'une louve.

— Ah! vous m'abandonnez! vous me volez

ce qui m'appartient! vous souhaitez d'être à de main pour achever votre ouvrage de ruine en vers moi! Soyez donc maudit par votre enfant maudit par moi, au nom de ma mère! maudi par moi, au nom du peuple de France, pressuré dépouillé, et qui, à votre lit de mort, emprunte la voix de votre fille pour vous crier: Anathème! maudit par vos parents, par les ingrats que vous avez faits. Vous n'aviez pas un ami. vous ne laissez pas un regret! Vos créatures même attendent avec impatience le moment qui les délivrera de vous. Votre maîtresse, cette reine que vous avez égarée, vous méprise aujourd'hui, et son fils vous méprise bien plus qu'elle encore. Dieu ne vous pardonnera pas, car je ne vous pardonne pas, moi! Vous serez damné, vous serez maudit encore dans l'autre vie. Le ciel est juste, il nous rend ce que nous faisons souffrir aux autres. Maintenant, adieu! vous allez mourir, et près de votre lit de mort je jure une haine implacable à tous ceux qui vous appartiennent, je jure de me venger de vous sur eux!

A ces mots, elle saisit d'une main ferme une draperie du lit, approcha la lampe et y mit le feu. Lorsqu'elle vit briller la flamme, elle se précipita vers la porte par laquelle elle était entrée, et disparut. En un instant, la chambre, entourée de tentures légères s'enflamma. L'issue qu'elle n'avait point refermée, et qui ouvrait sur la galerie des Rois, donna passage à l'air et activa l'incendie. Le cardinal, évanoui, ne pouvait appeler; mais Bernouin, attaché à son maitre et attentif à son sommeil, entendit quelque bruit. Il se décida à entrer, malgré l'ordre apporté par Dominique, et poussa un grand cri à l'aspect de ces flammes qui embrasaient déjà les rideaux et les portières. Il appela, se précipita vers le malade, le prit dans ses bras et l'emporta dans la pièce à côté, où il le déposa sur son propre lit. Son immobilité était telle que Bernouin le crut mort.

Les médecins accoururent, déclarèrent qu'il vivait encore, mais que la moindre émotion le tuerait. On prépara à la hâte un appartement voisin, on l'y transporta; mais, malgré tous les soins qu'on lui prodigua, il ne reprit ses sens que plusieurs heures après.

Pendant ce temps, l'incendie gagnait du terrain. On crut que le Louvre brûlerait tout entier. La reine-mère, au comble de la frayeur, envoya à Saint-Germain-l'Auxerrois chercher le saint-sacrement. Mademoiselle assure sérieusement, dans ses Mémoires, que le feu s'éteignit aussitôt qu'il parut.

Après avoir repris tout à fait ses sens, le cardinal n'eut plus qu'une pensée, celle de se faire transporter à Vincennes. La scène de la nuit l'avait si vivement impressionné, qu'il croyait toujours entendre ces malédictions et voir cette belle fille, semblable à une Euménide, la torche à la main, incendiant ses draperies.

Le bois de Vincennes était une de ses retraites favorites. La distance n'était pas longue; on espéra qu'il supporterait le transport en litière, et, après avoir prévenu le roi et la reine-mère, on ne s'occupa plus que du voyage. Le cardinal se trouvait mieux dès qu'il eut quitté le château; il donna les ordres les plus sévères pour qu'on ne laissât entrer dans sa nouvelle résidence que des personnes connues, que des femmes appartenant à la cour. On devait surveiller tout le monde, les femmes surtout. Personne ne s'expliqua cette recommandation si pressante. Dominique et Bernouin en reçurent de plus positives: Mazarin ne voulait pas rester seul un instant, même pendant son sommeil, les menaces de Julia le glaçaient de terreur. Cette âme sans énergie, dont la finesse et la dissimulation avaient été les seules armes, se sentait faiblir devant la mort et devant les reproches de sa fille. Il fit appeler son confesseur, M. Joli, curé de Saint-Nicolas-des-Champs, le pria de le suivre à Vincennes et de ne le plus quitter.

— Je ne vous retiendrai pas longtemps, mon père, ajouta-t-il, les émotions de cette nuit m'ont tué.

M. et madame de Mazarin apprirent à leur réveil le malheur de la nuit et le départ de leur oncle. La jeune duchesse témoigna de la mauvaise humeur à l'idée de le suivre et d'assister à son agonie. Son mari, ivre de bonheur et de joie, n'avait pas la faculté de penser à autre chose.

— Envoyons un gentilhomme à Son Éminence pour savoir de ses nouvelles et lui demander si elle désire nous voir. Le cardinal a besoin de repos après une telle secousse.

— Comme il vous plaira, madame, répliqua le duc, trop occupé à la regarder pour l'entendre.

Un gentilhomme se présenta, c'était Caranti, parvenu à rentrer dans la maison de madame de Mazarin, par ses protections subalternes. Hortense rougit en le reconnaissant.

Il fit une profonde révérence, et attendit les ordres de sa maîtresse, ému et tremblant. Elle les lui donna d'une voix assurée :

— Vous êtes à moi, monsieur, mais j'ai plus de domestiques que je n'ai besoin d'en avoir ; en attendant quelque vacance, je vous donne à ma sœur Marie ; vous lui servirez d'écuyer.

Ces paroles mirent la joie au cœur de l'amoureux ; il voulut y voir une distinction, un encouragement ; c'était une mesure de prudence et de sûreté. Elle ne voulait pas chasser un homme qui s'était dévoué pour elle ; si jeune, on n'est pas ingrate ; mais elle était bien aise de s'en défaire ; ses admirations la gênaient.

Le ministre fit dire aux jeunes époux de ne

venir que le lendemain. Cependant les fêtes préparées n'eurent pas lieu; on ordonna les prières des quarante heures dans les églises de Paris, ce qu'on ne faisait d'ordinaire que pour le roi et la reine. Leurs Majestés accoururent de Saint-Germain; le lit du cardinal fut entouré de ce que la cour renfermait de plus illustre; sa famille se trouva donc obligée d'y paraître. Le roi et sa reine-mère versèrent quelques larmes lorsque celui qui les avait servis si longtemps leur fit ses adieux. Quant aux Mancini, leurs yeux ne se mouillèrent même pas.

Mazarin montra de grands sentiments de piété; son courage lui était revenu. Il se tenait dans sa chaise, rasé, fardé, vêtu d'une simarre rouge; il semblait railler la mort qu'il craignait tant la veille. Ce fut sa dernière comédie. Il donna au roi ses gros diamants, à la condition qu'on les appellerait *les douze mazarins* et qu'ils resteraient à la couronne. Il donna à la reine-mère un superbe brillant; un bouquet de pierreries à la jeune reine; à Monsieur, des émeraudes d'une prodigieuse grosseur. M. le Prince et M. de Turenne, ses anciens ennemis et maintenant la gloire de la France, eurent chacun une bague de grand prix.

Il pria ensuite ces augustes personnes de recevoir ses adieux et de vouloir bien ne plus le visiter, car il en avait fini avec ce monde. Le spectacle de la mort est peu agréable, pour es grands surtout. Le roi et les reines ne se irent point répéter cette prière et sortirent iprès quelques compliments, suivis de toute la our. Mazarin resta seul avec sa famille et ses lomestiques. Sa parole était assurée, son re;ard brillait de fièvre, il jetait sa dernière étinelle. On le regardait avec étonnement; il rasura ses gens sur leur avenir et les renvoya, ixcepté Colbert, Dominique et Bernouin, puis, e tournant vers ses nièces et son neveu.

— J'ai tout fait pour vous, leur dit-il, je 'ous laisse des états princiers; vous n'en serez ias moins ingrats, je le sais, et je ne m'en soucie ;uère maintenant; je vois les choses de plus iaut. Vous pouvez vous retirer, nous ne nous 'everrons plus. Chacun a le droit en France de naudire ma mémoire peut-être, mais pour vous ille devrait être sacrée; vous profitez de ce jue j'ai fait, tâchez de ne pas dissiper trop ;ite les biens que je vous laisse et qui m'ont ioûté tant de peine à acquérir. Adieu! — Horense, et vous, monsieur de Mazarin, demeurez juelques instants encore.

Les autres sortirent, ne prenant même pas e soin de se composer un visage hypocrite. Le duc et la duchesse de Mazarin s'approchèrent.

— Monsieur, continua le cardinal, je vous ii donné une des plus belles femmes de l'Europe, avec cinquante millions de dot; je ne vous demande qu'une chose en retour: portez mon nom le plus haut possible, tâchez qu'il ne soit pas déshonoré; surtout soignez et conservez ma galerie, mes tableaux, mes statues et mes objets d'art. Je n'ai rien plus aimé au monde, et, si vous ne les gardez pas avec le respect dû à ma dernière et suprême volonté, je sortirai du tombeau pour vous en faire le reproche.

— Soyez tranquille, monseigneur, répliqua le jeune époux, nous obéirons.

— Hortense, vous devriez me regretter quelquefois et m'adresser une bonne pensée; je vous laisse très-heureuse, je l'espère...

— Votre Éminence ne peut pas en douter, répondit le duc.

— Je doute de tout, monsieur, car je vais mourir... Je m'affaiblis... Rentrez chez vous; vous n'avez ni assez de force ni assez d'affection pour me fermer les yeux. Ce n'est plus moi qui suis riche, à cette heure, c'est vous.

Le regard du mourant les accompagna jusqu'à la porte.

— Ah! murmura-t-il, personne ne m'a aimé!

Il ne restait plus dans la chambre que M. Joli, le confesseur, Colbert, Bernouin, Dominique et deux pages. Mazarin ferma les yeux et se recueillit, le curé lui parlait de Dieu, du détachement des choses de ce monde.

Un profond silence régnait dans la chambre. On n'entendait que les paroles du prêtre et la respiration pressée du malade.

— Monsieur Colbert, dit-il, n'oubliez pas mes instructions.

— Tout sera fait, monseigneur.

— J'ai soif; qu'on me donne un peu d'eau de grenade.

Un des pages s'empressa de verser la tisane demandée; il s'approcha du lit en entrant dans la ruelle, et présenta au mourant un gobelet d'argent. Les yeux de Mazarin se portèrent sur ce jeune homme: ils devinrent démesurément grands; il fit un geste pour repousser la tasse, et une émotion terrible le dominait.

— Non, non... je ne veux pas... de sa main... c'est du poison!

Sa tête retomba, mais son regard fixe ne quitta pas le visage pâle du page, debout auprès de lui, semblable à la statue de la Vengeance.

Dominique seul comprenait ce drame, et l'expression de sa physionomie révélait ses impressions.

— Jusqu'à la mort, elle l'avait bien dit. Ah! Julia! Julia!... Sainte Vierge, recevez mon âme!

Ce fut son dernier mot.

XII

UNE ANCIENNE CONNAISSANCE.

Pendant l'agonie de Mazarin à Vincennes, mesdemoiselles de Mancini étaient réunies avec Philippe dans la chambre de madame de Mazarin, à Paris. Ils attendaient la confirmation d'une nouvelle dont ils ne doutaient plus. Le duc, assis à côté de sa femme, répétait :

— Il doit être mort, le malheureux !

— Il faut bien qu'il ait son tour comme les autres, répliqua Hortense.

Le duc de Nevers (on donnait ce titre à Philippe depuis la veille) était collé aux vitre avec Marianne ; ils regardaient ce qui se passait dans la cour. Tout à coup ils s'élancèrent vers la porte en criant :

— Un courrier ! un courrier ! c'est fini !

Le gentilhomme montait déjà l'escalier.

— Ce gentilhomme est à moi, reprit Marie, c'est le fidèle Caranti ; mes ordres sont exécutés, on peut compter sur son exactitude.

Philippe et Marianne rentrèrent.

— Dieu merci ! il est crevé ! s'écria le neveu en s'adressant à Marie.

L'histoire nous a conservé ces odieuses paroles, madame de Mazarin elle-même les consigne dans ses Mémoires.

— Le ciel en soit loué! répondit la maîtresse délaissée de Louis XIV.

Elle ne pouvait oublier que, si son oncle l'avait voulu, elle eût été à cette heure reine de France.

Aucun d'eux ne pardonnait au cardinal ce qu'il avait fait pour Hortense, et la reconnaissance de celle-ci ne le dédommageait guère.

— Il nous a tous rendus malheureux! reprit la petite Marianne.

— Oh! oui, répétèrent-ils en chœur; maintenant, on ne nous tourmentera plus.

Le seul témoin étranger de cette scène était Caranti, debout à la porte, en attendant qu'on l'interrogeât. Ses yeux ne se portaient plus sur la duchesse avec le même empressement. Nul ne le remarqua, une seule personne exceptée.

— Je ne recevrai jamais une nouvelle avec plus de plaisir, continua Philippe. Tout ce qui m'ennuie, c'est qu'on ne dansera pas de longtemps. Le roi est terrible sur l'étiquette, il n'est cependant pas plus fâché que nous.

— Eh bien! qu'allons-nous faire à présent? demanda Marie.

— Nous allons nous habiller de deuil, faire prévenir madame la comtesse et attendre les compliments.

Madame de Mazarin se fit parer pour rester sur son lit; elle se prétendit malade; elle n'était qu'excédée de son entourage, de son mari surtout.

— Mon Dieu! dit-elle, quel supplice! il faudra peut-être avoir l'air désolé.

— La reine-mère pleurnichera, c'est certain. Au fond, elle est bien délivrée de son vieil amant, et nous n'aurons pas longtemps à nous contraindre.

En prononçant ces mots, le duc de Nevers se dirigea vers la porte; il aperçut Caranti.

— Marie, continua-t-il, avez-vous besoin de monsieur?

— Non, pas en ce moment.

— Il pourrait alors nous obliger en se rendant à l'hôtel de Soissons, n'est-ce pas?

— Sans doute.

Marie s'approcha du jeune homme, lui adressa quelques mots et le congédia.

— Tiens, reprit Marianne, l'enfant terrible, vous avez donné à Marie ce gentilhomme qui ressemble au roi, bien qu'il soit plus beau. Aussi, voyez comme elle le traite! Je l'avais déjà remarqué.

La qualité du défunt et son nom, dont ils héritaient, obligeaient M. et madame de Mazarin à porter le deuil de père. Les tapissiers tendirent de noir la galerie où toute la cour ne devait pas tarder à se rendre. On décida enfin Hortense à se lever et à repartir pour le Louvre, où Leurs Majestés venaient d'arriver. Elles sentaient déjà la joie d'être libres et délivrées du joug qui pesait sur elles. La reine-mère elle-même était depuis longtemps lasse des exigences et des boutades de son ministre. Le roi ordonna que la cour prît le deuil et que le corps du cardinal fût exposé dans une chapelle ardente, comme celui d'une tête couronnée. Les médecins en firent l'autopsie ; on lui trouva une petite pierre dans le cœur.

— Ah ! s'écria Marie, je ne m'étonne pas s'il était si dur !

La famille Mancini s'en alla en chœur saluer le roi, les reines et la reine d'Angleterre. La comtesse de Soissons refusa ensuite de recevoir les visites au palais Mazarin ; elle prétendit au contraire que, comme femme d'un prince du sang, ses sœurs devaient lui en faire une particulière. Le roi, qui commençait à revenir chez elle, le régla ainsi. Il fallut se soumettre.

Elles trouvèrent madame la comtesse dans sa chambre du dais, où elle les admit en cérémonie, avec force révérences et compliments dont personne ne pensait un mot. Marie aperçut la première, derrière sa sœur, un visage connu et presque oublié.

— Ah ! dit-elle tout bas à Hortense, voici la Milliani ; elle vient comme les corbeaux, à la dépouille. Elle sera fort surprise : il n'y a pas grand'chose pour elle, je crois.

— C'est ce qui vous trompe; le cardinal aimait beaucoup cette fille. J'ai un mystérieux pli à lui remettre; il doit renfermer une fortune, ou je me trompe fort.

Lorsque les formalités de l'étiquette furent remplies, madame de Soissons congédia les étrangers. On resta en famille. Julia et Dominique étaient seuls présents. Mademoiselle Milliani s'avança aussitôt vers Hortense de l'air le plus aimable et le plus attendri.

— Madame la duchesse, dit-elle, je n'ai pas osé me présenter devant vous, mais, sous les auspices de madame la comtesse et au nom de celui que nous regrettons tous je viens vous demander vos bontés.

Philippe partit d'un éclat de rire, que ses sœurs répétèrent.

— Oui, nous le regrettons tous également, ajouta-t-il. Vous aussi, ma belle demoiselle, vous ne l'aimiez pas plus que nous, et il ne vous laisse que les yeux pour pleurer.

— Monsieur le duc, reprit Julia en faisant une grande révérence; je n'accepterai rien et je n'ai besoin de rien. Madame la comtesse a daigné m'offrir un asile à l'hôtel de Soissons; elle pourvoit abondamment à mes besoins, elle remplacera pour moi mon cher protecteur, et mon dévouement à sa noble maison succède à celui dont j'aurais été heureuse de lui donner des preuves, s'il me l'avait permis. J'espère que vous ne m'épargnerez pas.

— J'ai pourtant une lettre à vous remettre, mademoiselle, et des papiers de valeur ; je suppose que vous voudrez bien venir les chercher, reprit la duchesse, oubliant le secret promis à son oncle.

— Madame la duchesse, je ne veux rien de vous que votre amitié.

— Mademoiselle, interrompit M. de Mazarin d'un air sentencieux, vous n'êtes pas libre de refuser le legs de feu M. le cardinal, et madame la duchesse n'est pas libre de le conserver. La somme vous sera remise, vous en userez ensuite à votre fantaisie, mais je n'en garderai pas un sou, ni pour moi ni pour madame de Mazarin.

Philippe et Marie répondirent par des quolibets. Les plaisanteries furent si déplacées et la gaieté si étrange, que Dominique, accoutumé à son franc-parler avec Mazarin, ne put s'empêcher de le dire.

— Vous vengez tous les Français de la dureté que M. le cardinal, votre oncle, a eue pour eux, par celle que vous avez pour lui.

Madame de Motteville a enregistré cette leçon, qui se répéta et fut généralement approuvée. Philippe s'élança sur le musicien, levant une petite baguette de majordome qu'il trouva à sa portée.

— Drôle!... je te chasserai pour ton insolence;

— Monseigneur, répliqua Dominique en pliant le dos, pardonnez-moi; c'est mon attachement pour mon défunt maître... cela ne m'arrivera plus.

Les cérémonies de l'inhumation furent splendides. Le roi et toute la cour y assistèrent, la famille y parut avec des pleureuses et des crêpes, mais pas une larme ne fut versée, et le soir, comme on continuait à parler du cardinal, la reine-mère fut la première à répondre qu'il n'y fallait plus songer; que le roi pourrait être malade de ce chagrin, et qu'il avait maintenant tout autre chose à faire que d'écouter des paroles inutiles.

A dater de ce moment, il n'en fut pas plus question que des neiges du dernier hiver.

Julia vint le lendemain, selon l'ordre de la duchesse, pour chercher la lettre annoncée. Elle la reçut avec une déférence et une componction édifiantes. Après avoir pris lecture de ce dernier adieu d'un mourant, qu'elle ne montra point à Hortense, elle ouvrit le paquet, et en tira un codicille adressé par le cardinal à son héritière, et qui enjoignait à celle-ci de lui faire remettre cinq cent mille livres, toujours à l'insu de ses sœurs et de son frère surtout. Julia rendit cet acte à la duchesse.

— Madame, lui dit-elle, prenez ceci et disposez-en. Je vous l'ai déjà dit, je ne veux rien de la famille de mon bienfaiteur, rien que son affection en échange de ma reconnaissance.

La jeune femme la regarda d'un air surpris.

— Ceci est à vous, Julia, et on vous comptera votre dot.

— Gardez-la moi, madame, je vous en supplie ; je ne me marierai jamais. Que ceci reste entre nous, comme le désire feu M. le cardinal, et, croyez-le bien, vous n'avez pas de meilleure amie que moi.

Elle baisa la main d'Hortense, les larmes aux yeux. Celle-ci se sentit émue, puis elle oublia bientôt, comme on oubliait tout au palais Mazarin.

Le duc et la duchesse vivaient dans leur splendide maison, où demeuraient aussi Marie et sa plus jeune sœur. Cette maison était partagée en deux ; par l'ordre du cardinal, M. de Nevers avait la plus petite moitié, un passage intérieur communiquait de l'un à l'autre logis, et Philippe venait souvent chez Hortense, dont la beauté faisait l'admiration de la France entière.

Il était fort question du mariage de Marie avec le duc de Lorraine, qui la pressait d'y consentir. Le roi et la reine-mère surtout y mettaient des obstacles; celui-ci désirait son éloignement et protégeait le connétable, que mademoiselle de Mancini sembla d'abord repousser. Tout à coup elle changea d'opinion, et entrant un beau matin dans la chambre de sa sœur, elle lui déclara qu'elle acceptait les vœux du prince Colonna, et qu'elle allait partir pour l'Italie.

— Miséricorde! s'écria Hortense, qui peut vous décider à un tel voyage? Qui peut vous faire préférer un état secondaire à la position de duchesse régnante, dans un joli petit pays si voisin de la France, où vous pourrez venir à votre caprice?

— Le duc de Lorraine me déplaît.

— Aimez-vous donc M. le connétable?

— Non, assurément, mais il me déplaît moins que l'autre.

— Ma sœur, vous ne me dites pas la vérité, vous avez quelque raison cachée. Ce n'est ni M. de Lorraine ni M. le connétable qui vous décident. Expliquez-vous je vous en prie; je ne vous trahirai point et je vous servirai, si je puis.

— Il n'y a rien de caché dans tout ceci, ma sœur. J'ai des dégoûts à la cour; le roi me regarde à peine: il est tout à madame la la comtesse, dont la hauteur n'a plus de bornes: elle me traite en abandonnée, et si vous aviez le temps de vous occuper de moi, vous comprendriez que je ne le puis souffrir.

Hortense soupira.

— Ah! ma sœur, prenez garde! vous voyez ce que c'est que d'être mal mariée, vous voyez ce que je souffre déjà. Vous avez raison, je ne m'occupe que de mes douleurs. A mon âge, avec ant de richesses, être traitée ainsi! Que je vous serve d'exemple! M. de Lorraine vous adore, l est bon et généreux. D'ailleurs une princesse régnante est trop en vue; son mari ne peut la renfermer et la maltraiter comme le fait M. de Mazarin; au lieu que le connétable.....

— Il n'importe, ma sœur, je suis décidée et je l'épouserai.

— Marie, vous avez une autre confidente que moi. Vous vous êtes laissé séduire par cette méchante fille, Julia, l'espion de la comtesse. Vous croyez en elle et elle vous perdra. Je ne puis me rendre compte de ce que j'éprouve, mais cette créature me fait peur.

— Vous la jugez mal, Hortense; elle nous est dévouée.

Marie, cette fille me hait. Elle ne peut oublier M. de Courtenay, ni la préférence qu'il m'a donnée sur elle. Cette fille est l'ennemie de notre maison en général et en particulier. Elle vous a tous séduits néanmoins, jusqu'à M. de Mazarin, par son beau désintéressement. Dominique et elle sont nos mauvais génies. Je gage que vous l'employez, qu'il vous conseille ce mariage, et qu'il vous suivra peut-être.

— Quant à cela, non: il ne quittera pas Paris; vous savez bien qu'il vous aime.

Hortense éclata de rire.

— M. de Mazarin lui a rendu son logement ici. Il n'est pas jaloux; j'en suis étonné.

Cet homme est fou! Ah! Marie, quelle différence si j'avais épousé M. de Courtenay!

— Le roi disait hier que M. de Courtenay allait se faire chevalier de Malte, et qu'il avait la promesse d'être grand-maître.

— Ah! murmura la duchesse étouffant un soupir, nous ne le reverrons donc plus!

A deux jours de là, madame de Mazarin était couchée sur une chaise longue, où la retenait plus encore l'ennui que la souffrance.

Marie et Marianne étaient auprès d'elle, ainsi que quelques-unes de ses femmes. Julia se tenait à l'écart, observant et ne parlant point; M. de Nevers entra, étourdi et gai à l'ordinaire.

— Ah! duchesse, dit-il en riant, il arrive de singulières choses dans votre palais, dont vous ne vous doutez peut-être pas.

— Tout peut arriver ici sans que je m'en doute, mon frère; on ne me consulte guère, vous le savez. Je n'ai pas le droit de chasser un laquais; mais on me prend les miens, on les met dehors et on les remplace; ce sont des jeux de tous les jours.

— C'est justement de cela qu'il s'agit. N'aviez-vous pas un gentilhomme italien, fort bien fait, ma foi! qui ressemble au roi à s'y méprendre?

— Oui, Caranti, qui était à mon oncle et que j'ai donné à Marie.

— Je ne l'ai plus depuis longtemps, interrompit vivement celle-ci; M. de Mazarin n'a pas voulu souffrir qu'il demeurât au palais. Il prétend qu'on manque de respect au roi lorsqu'on lui ressemble qu'on est plus beau que lui. Pour ne pas autoriser cette irrévérence, il l'a mis à la porte.

— Eh bien! cela lui a porté bonheur, D'abord il a fait un héritage de je ne sais quel oncle, camérier du saint-père, qui lui laisse un titre et de grands biens, à la condition qu'il viendra les manger à Rome.

— Ah! ah! fit la duchesse, dont le regard se porta involontairement sur Marie.

— Ce n'est pas tout, M. le connétable l'a nommé majordome de sa maison, son premier écuyer, son homme de confiance, son âme damnée. Il va faire la pluie et le beau temps au palais Colonna, et Marie aura près d'elle un serviteur auquel elle pourra parler de la cour de France.

Mademoiselle de Mancini ne put s'empêcher de rougir; Hortense ne la perdait pas de vue; cependant son regard se porta un instant sur Julia, qui s'était rapprochée du groupe principal; elle vit sur ses traits une expression de triomphe qui la glaça.

— Ma sœur a fait quelque imprudence, pensa-t-elle, et cette fille en est la complice, la cause peut-être.

Marie sentit qu'il fallait répondre; elle tâcha de le faire avec indifférence, et prétendit avoir entendu parler en l'air de ce choix par M. le connétable.

— Je ne sais qui lui a recommandé ce gentilhomme; ce n'est pas moi assurément.

— C'est moi, répliqua Julia avec fermeté. Je l'ai vu chez feu Son Éminence. M. le connétable veut bien avoir en moi quelque confiance, et j'en suis très-heureuse : il ne pouvait faire un meilleur choix.

Ces paroles ne frappèrent que madame de Mazarin; Philippe et Marianne pensaient déjà à autre chose.

— Qui de vous, mesdames, veut connaître son avenir?

— Moi! moi! crièrent-elles toutes en même temps.

— Il y a une merveilleuse sorcière dont on parle de tous côtés. Je vous conduirai chez elle.

— Hélas! répliqua madame de Mazarin, moi je ne puis sortir, et pourtant...

— Pauvre prisonnière! nous aviserons au moyen de vous en dédommager, et quand ce ne serait que pour berner M. votre mari, vous la verrez, je vous en réponds.

— Où cela?

— Je ne sais encore; je trouverai bien.

— Elle ne peut entrer ici!

— Je vous dis que vous verrez la Voisin,

ma chère duchesse, et que vous saurez par elle ce qui vous attend.

— Ah! la Voisin! elle m'a trompée, et je sais maintenant mon avenir aussi bien qu'elle.

Julia ne perdit pas un mot de cette conversation; peu de temps après, et sans affectation, elle annonça qu'elle se retirerait de bonne heure; on l'attendait à l'hôtel de Soissons, où le roi devait venir; elle était devenue l'amie indispensable de madame la comtesse, comme celle de Marie. Excepté madame de Mazarin, qui se souvenait de leur rivalité d'autrefois, elle avait conquis la famille entière; on ne chercha pas à la retenir; elle avait mis ses protectrices sur le pied d'une liberté très-grande, on ne la gênait en rien. Le désintéressement qu'elle avait montré en refusant le legs du cardinal leur prouva qu'elle n'était pas guidée par l'intérêt.

Elle occupait donc une de ces positions dont il est presque impossible d'être renversé.

Il était neuf heures du soir lorsqu'elle quitta furtivement l'hôtel de Soissons déguisée en cavalier, enveloppée dans son manteau, et suivie d'un laquais attaché par madame de Soissons à son service particulier. Il n'était pas sans danger alors de sortir aussi tard; on s'exposait à être volé, insulté et peut-être pis. Julia n'était pas fille à s'épouvanter. Son laquais et elle étaient bien armés, la nuit n'était pas très-profonde, et l'on rencontrait encore quelques passants attardés. Elle se dirigea vers le rempart, le traversa et arriva chez la Voisin. Le laquais, accoutumé à ses allures mystérieuses, s'assit à la porte et se disposa à dormir. Elle monta les trois étages, frappa d'une façon particulière. La devineresse lui ouvrit elle-même : à cette heure, elle était seule et ne recevait que ses pratiques favorisées.

En la reconnaissant, la Voisin fit un mouvement d'impatience.

— Ah! lui dit-elle, je ne puis vous garder longtemps : j'attends une personne qui ne veut être aperçue de qui que ce soit.

— Il faut pourtant que je vous prévienne. Vous allez être demandée par une grande dame, et vous ne pouvez aller à cette entrevue sans renseignements.

— Je n'irai pas ; je ne sors pas de chez moi : on pourrait me faire un mauvais parti.

— Vous serez grassement payée, et vous n'en douterez pas quand vous saurez qu'il s'agit du palais Mazarin.

Malgré son empire sur elle-même, la sorcière ne put atténuer l'éclair que lança son œil.

Julia expliqua comment Hortense était presque gardée à vue, comment on aurait bien de la peine à l'introduire, et la promesse faite néanmoins par le duc de Nevers.

— Il trouvera le moyen de vous la faire voir,

n'en doutez pas; et maintenant, Voisin, vous m'avez juré de me servir; voici le moment de tenir votre parole. On a foi en vous; on écoute vos prédictions; elles pourront être d'un grand poids dans l'avenir de cette femme que je hais: vous les ferez en conséquence.

— Voulez-vous donc la mort de la duchesse?

— Sa mort? non, elle ne souffrirait pas assez; je veux sa perte, je veux sa ruine et son déshonneur. Elle m'a enlevé mes biens, je les lui enlèverai à mon tour. Elle m'a pris le cœur de celui que j'aimais, je lui prendrai son bonheur en échange. Vous m'aiderez, n'est-ce pas?

— Oui, répondit la Voisin rêveuse.

— Tenez-vous donc prête, vous entendrez bientôt parler d'eux; Philippe n'est pas homme à ajourner un désir. Tout marche à merveille pour moi, j'ai suivi vos conseils, et je suis l'oracle des deux maisons. Hortense seule me déteste; elle sent par elle-même que je n'ai rien oublié et que cette race détestée périra par moi.

La prophétesse profita de cette exaltation pour arracher à mademoiselle Milliani quelques renseignements et quelques aveux qu'elle n'aurait probablement pas obtenus dans un autre moment. On entendit du bruit sur les degrés. Catherine Voisin rougit; elle prit Julia par la main, lui fit lestement traverser sa chambre, la conduisit à l'escalier dérobé, et lui dit très-vite et très-bas:

— Soyez tranquille, j'irai au palais Mazarin, et j'y ferai ce qu'il y faudra faire.

Puis elle ferma la porte et s'éloigna comme une personne inquiète et pressée. Julia descendit quelques marches; un soupçon instinctif l'arrêta.

— Je ne sais pourquoi, j'ai le pressentiment qu'il se passe chez cette femme quelque événement qui me touche. Une voix impérieuse me crie de ne pas m'éloigner. Si j'écoutais!

Elle remonta sans faire de bruit et colla son oreille à la porte. Aucun son ne parvint jusqu'à elle. Le vent soufflait à travers les ais mal joints; la nuit était sombre, sans lune, le ciel couvert; un manteau de tristesse semblait étendu sur la nature. Après un instant, elle crut distinguer deux voix et les miaulements plaintifs d'un chat qui leur répondaient.

— Il y a là un mystère d'iniquité, continua-t-elle, et je ne puis rien savoir?

L'idée lui vint de se tapir dans le renfoncement de la porte, en bas; les deux escaliers aboutissaient à un petit corridor éclairé par une lampe fumeuse; les personnes qui devaient sortir passeraient nécessairement en cet endroit. Cachée dans l'ombre, elle les verrait et pourrait les reconnaître. Elle descendit donc à tâtons, prit place et attendit.

Après une demi-heure, qui lui parut un siècle, Julia vit l'ombre d'un homme s'avancer dans le passage obscur où elle s'était tapie. Elle reconnut le duc de Nevers, suivi de deux gentilshommes de sa maison. Ils ne se cachaient nullement et riaient aux éclats.

— Il y a du gibier là-haut, dit Philippe. Ce valet, bâti en Hercule, qui se tient près de la porte d'entrée, attend quelque dame de la cour. Nous tâcherons que la Voisin nous la fasse voir.

Ils montèrent l'escalier en trébuchant à chaque pas et en maudissant la sorcière. Le tapage ne cessa pas même quand ils arrivèrent à l'antre. Julia les entendit frapper, crier, frapper encore, appeler la Voisin à haute voix, ce qui, dans une maison honnête, eût glacé d'effroi les habitants; mais ceux qui vivaient dans ce bouge en avaient l'habitude, ils ne se réveillèrent seulement pas.

Les jeunes fous redescendirent, non sans avoir essayé de jeter la porte en dedans; heureusement elle était solide; ils n'y voyaient pas et ils n'avaient aucun instrument pour mener à bonne fin leur entreprise. Ils s'en allèrent donc en murmurant, en maugréant, en traitant Catherine Deshayes de femelle du diable. Philippe ajouta même qu'il la ferait brûler en place de Grève, pour lui apprendre à laisser des gentilshommes sur l'escalier, après une si longue course. Comme ils sortaient, ils aperçurent de nouveau le laquais de Julia, debout près de la porte, et les écoutant.

— Tu es à la Voisin? demanda Nevers.

— Non, monsieur.

— Le nom de ta maîtresse, alors?

— Je ne le sais pas; mais je ne le dirais pas quand je le saurais.

— Maraud! je te ferai mourir sous le bâton.

— A votre aise, monsieur! Pourtant cela ne vous rapportera pas grand'chose; vous devriez plutôt courir après la Voisin, puisque vous désirez la voir; elle vient de sortir au moment où vous êtes entrés, suivie d'un gentilhomme que je n'ai pas reconnu.

— En es-tu certain?

— Oui, monseigneur. Elle a passé à droite, elle ne peut pas être loin; le gentilhomme qu'elle accompagne marche avec peine. Je le crois malade ou blessé.

— Cent coups si tu nous trompes et vingt pistoles si tu nous mets dans le bon chemin. Tu vas nous servir de guide.

— Et ma maîtresse, monsieur?

— Ta maîtresse se passera de toi. Elle n'est certainement pas seule là-haut. On la reconduira.

Moitié de gré, moitié de force, Philippe fit marcher le grison devant lui, dans la direction qu'il avait indiquée. Mademoiselle Milliani attendit quelques instants avant de se décider à le suivre. S'il disait vrai, la Voisin était sortie. N'était-ce pas une ruse? Le valet n'avait-il pas cherché à les éloigner afin d'assurer sa retraite et de se garer des coups de bâton? Si elle parlait alors, elle ne saurait rien. Dans cette incertitude, elle remonta l'escalier, écouta de nouveau: toute espèce de bruit avait cessé. Elle se décida à suivre les traces de M. de Nevers, ne fût-ce que pour retrouver son laquais. Elle ne les entendait plus que dans le lointain; mais elle ne pouvait se tromper de route: le valet avait indiqué le rempart. A peine eut-elle fait quelques pas qu'elle s'arrêta. Les cris redoublaient: seulement ils avaient changé de nature; elle prêta l'oreille et distingua parfaitement comme un cliquetis d'épées; le duc de Nevers et ses amis étaient tombés dans un guet-apens. Sa première pensée fut pour le grison, qu'ils en accuseraient peut-être; son embarras était grand. Elle allait se trouver seule, à cette heure, bien loin de l'hôtel de Soissons! son domestique serait assassiné peut-être, prisonnier pour le moins; il pouvait parler, et ses plans étaient détruits.

Elle entendit bientôt courir dans la direction où elle marchait, et se réfugia derrière la porte d'une allée entr'ouverte, quelque bouge certainement; elle n'y pensa pas et avança un peu la tête pour tâcher de reconnaître qui allait passer. Elle fut tirée d'inquiétude; c'était son fidèle serviteur, hors d'haleine. Parvenu à se tirer de la bagarre, il revenait la chercher. Elle l'appela, il reconnut sa voix. En quelques secondes il la mit au fait : la Voisin était sortie, ainsi qu'il l'avait dit ; elle se dirigeait vers la rue des Tournelles avec le gentilhomme blessé. Ils les auraient certainement rattrapés si une bande de tirelaines ne se fût jetée sur eux et ne les eût forcés à se défendre. Quant à lui, il s'était enfui pour la retrouver, et il la conjurait de se retirer le plus tôt possible, les environs n'étant sûrs pour eux en aucune façon.

Ils rentrèrent cependant sans fâcheuse rencontre. Julia quitta promptement ses vêtements d'emprunt et descendit dans la galerie, où nul ne remarqua son entrée. Le roi et les reines, pour être agréables à sa protectrice, l'accueillirent gracieusement. Ce soir-là, le roi lui parla, assez longuement même, et il n'était pas prodigue de cette faveur.

Philippe Mancini arriva en racontant son aventure, et comment un de ses gentilshommes avait été blessé.

— Ma foi ! ajouta-t-il, sans le guet, qui, pour la première fois, est arrivé à propos, nous y passions tous ; on nous eût dépouillés et tués probablement. Si jamais je rattrape le scélérat qui nous a conduits là !

En disant ces mots, il regarda un des gens

de madame la comtesse, chargé d'une tasse d'hydromel que buvait chaque soir l'ancienne gouvernante de mesdemoiselles de Mancini.

— Ah! palsembleu! c'est lui-même! s'écria-t-il ; le voilà! c'est ce coquin! je le reconnaîtrais entre mille.

Tout le monde éclata de rire.

— Mon frère, reprit Olympe, vous êtes si rempli de votre sujet, que cela vous donne la berlue. L'honnête Champagne est au service de mademoiselle Milliani ; il ne sort qu'avec elle et madame de Venelle, lorsqu'elle vient par hasard ici. Or, mademoiselle Milliani n'a point quitté l'hôtel ce soir, je vous en réponds ; l'innocence de Champagne est donc très-facile à prouver.

— Hum! répliqua le duc en secouant la tête, c'est alors une de ces ressemblances qui ne se conçoivent pas. As-tu un frère jumeau?

Champagne s'était éclipsé ; il n'entendit point. Marie prétendit que, la Voisin étant sorcière, avait donné à son accolyte le visage de Champagne pour égarer plus sûrement Nevers.

Julia eut un cruel battement de cœur. Déjà très-fortement impressionnée par les événements qui s'étaient succédé ce soir-là, elle eut beaucoup de peine à cacher sa préoccupation. Madame de Soissons la chercha plusieurs fois : elle semblait inquiète.

Des intrigues de toutes sortes s'ourdissaient

à la cour en ce moment. Monsieur s'était marié avec la ravissante Henriette d'Angleterre, et déjà cette union était pleine d'orages. Madame de Soissons voyait pâlir sa faveur; elle était supplantée par Madame, dont le roi s'occupait beaucoup. Sa liaison avec Louis XIV n'avait pas dépassé les bornes d'une galanterie tendre, et il la quittait. Ce mépris la mettait au désespoir, non pas qu'elle aimât le monarque, mais elle voulait régner avec lui, et l'ambition la dominait bien plus que l'amour.

Ce soir-là, avant de rentrer chez elle, madame de Soissons pria Julia de l'accompagner le lendemain chez la Voisin. Elle voulait à tout prix un philtre qui l'a fît aimer du roi, qui la fît triompher de ses rivales.

— Nous irons ensemble chez la Voisin, répondit Julia.

Elle lui raconta ce qu'elle avait entendu, et lui donna la clef des aventures de Philippe. Cette circonstance d'un gentilhomme blessé, d'une conjuration probable, frappa la comtesse comme elle avait frappé Julia.

— Qui cela peut-il être? Il faut le savoir; nous devons tout savoir à la cour, si nous voulons la dominer. J'enverrai Dominique; il découvrira ce qu'on nous cache, si demain nous n'obtenons pas de Catherine un aveu complet.

Le lendemain, M. de Mazarin allait passer la journée au château de Chilly, le fief de son duché. Hortense était seule; mais les précautions étaient prises pour qu'elle ne sortît pas et pour que nul n'approchât d'elle, excepté son frère et ses sœurs. Philippe la trouva étendue et dolente à son ordinaire; il n'y avait dans la chambre que Marianne et une dame de compagnie choisie par M. de Mazarin; elles jouaient à l'hombre, sans bruit, croyant que la duchesse dormait. M. de Nevers s'approcha d'elle et lui dit tout bas:

— Restez absolument seule ici ce soir; à dix heures je viendrai vous chercher, et je vous conduirai où la Voisin vous attendra. Ne craignez rien, vous ne serez vue de personne.

XIII

UN MARI.

Madame de Mazarin était fort impatiente de recevoir la devineresse qui lui avait annoncé de si beaux jours et qui l'avait si cruellement trompée. A l'heure indiquée par Philippe, elle renvoya Marianne et sa suivante, annonçant qu'elle voulait dormir et qu'il ne fallait pas la déranger jusqu'à ce qu'elle appelât. On la laissa seule, elle ferma sa porte au verrou et attendit. Il existait dans ce vaste palais des passages connus du cardinal et de ses familiers.

Il en avait révélé le secret à sa nièce et à Philippe, leur recommandant de ne le point divulguer ; à un moment donné cela pouvait être utile. Hortense et son frère n'en parlèrent ni à leurs sœurs, ni à M. de Mazarin. Malheureusement, Julia et Dominique y avaient passé bien des fois ; jusque-là, soit qu'ils les eussent oubliés, soit qu'ils n'eussent pas jugé convenable de paraître instruits, ils n'avaient pas trahi la confiance de leur maître.

A dix heures, M. de Nevers entra par cette issue cachée ; il fit signe à la duchesse de le suivre et la conduisit dans une petite pièce reculée de l'appartement qu'il habitait ; Catherine Deshayes s'y trouvait déjà. Elle se leva en apercevant Hortense, qui ne put retenir ses larmes dès qu'elle l'eut vue.

— Ah ! Voisin, si je n'avais pas cru en vos paroles !

— Madame la duchesse, je ne mérite pas vos reproches ; je me flatte de vous en convaincre avant de sortir d'ici ; je prierai monseigneur de nous laisser quelques instants. Je savais que vous deviez venir à moi, j'ai fait pour vous un grand travail qui ne peut être divulgué qu'à vous seule. Vous en recevrez, je n'en doute pas, une grande consolation.

— Du mystère ! répliqua Philippe en riant ; je crains que tout cela finisse mal pour M. de Mazarin ; aussi je ne m'en mêle pas. Il ne me convient point de l'attaquer; il me siérait mal de le défendre. Je reviendrai quand on m'appellera.

Aussitôt qu'il eut fermé la porte, la Voisin tira de sa poche un jeu de tarots et l'étala sur la table, en silence Hortense tremblait et se taisait comme elle. La sorcière, dont le grand succès était dû surtout à la science d'observation qu'elle possédait, l'examinait sans en avoir l'air.

— Madame, lui dit-elle, votre étoile l'a emporté sur les influences qui vous protégent; vous avez épousé un homme que vous n'aimez pas et que vous n'aimerez jamais.

Madame de Mazarin secoua mélancoliquement la tête.

— Il en est beaucoup parmi vos pareilles qui sauraient corriger ce tort, et à qui cela deviendrait facile, avec un peu d'aide.

— Que voulez-vous dire, Voisin?

— Rien à vous, madame; je vous prie seulement de ne pas oublier ceci dans une circonstance qui se présentera bientôt peut-être. Lorsqu'un mari vous gêne, on s'en débarrasse, et il n'y paraît plus.

— Quelle horreur! s'écria la jeune femme; mieux vaut souffrir, mieux vaut mourir mille fois!

— Bien! bien! répliqua la Voisin, trop prudente pour s'avancer davantage et sachant ce qu'elle voulait savoir; je ne parle pas pour vous, madame, encore une fois. Malheureusement tout le monde ne vous ressemble pas. Vous porterez votre fardeau jusqu'à la fin, je n'en doute pas; il vous est bien permis cependant de tâcher d'en alléger le poids.

— Est-il donc un moyen?

— Peut-être.

— Et lequel!

— Vous aimez un beau seigneur absent depuis longtemps, n'est-il pas vrai?

— Hélas? je ne sais plus si j'aime, et surtout si je suis aimée, si je l'ai jamais été; je ne sais plus s'il existe; je sais à peine si j'existe moi-même, tant ma vie est pâle et décolorée.

— Il existe, madame, et il vous aime toujours.

La duchesse ne put retenir un cri de joie.

— Il vous aime plus qu'il ne vous a jamais aimée; vous le verrez bientôt.

— Est-il possible, mon Dieu!

— Déjà, sans vous en douter, vous avez passé plusieurs heures à côté de lui.

— Où? comment?

— Il ne m'est pas permis de vous l'apprendre; je ne puis aborder certaines matières. L'esprit qui me dicte mes oracles s'arrête à la porte des églises; il n'y pénètre pas, et la prière fervente le met en fuite.

— Ah! il y a trois jours, je suis allée à vêpres à Saint-Séverin; je passais devant l'église;

j'étais triste à mourir, et je demandais la mort, en effet. L'idée de Dieu m'est venue; elle ne me vient guère ordinairement: je suis entrée dans une chapelle solitaire; j'y suis restée à genoux plus d'une heure, et il me semble... en effet... qu'un homme s'est placé derrière moi. Cet homme je ne l'ai pas regardé; ce n'était point un seigneur, en apparence du moins, et jamais je n'aurais pu croire...

— Vous le reverrez, madame, et bientôt.

— Ah! Voisin, je ne veux pas... je ne dois pas...

— Vous ne devez pas avoir un ami, une consolation dans vos douleurs? vous ne pouvez pas, vous, la première héritière du monde, la plus belle femme de la cour de France, vous ne pouvez pas pleurer auprès d'un homme qui donnerait sa vie pour vous, dont le respect est aussi grand que la passion? Le soulagement accordé aux plus misérables vous serait donc refusé?

— S'il m'aimait comme tu le prétends, m'eût-il laissée appartenir à un autre? eût-il refusé ma main?

— Il a refusé un nom qu'il méprisait, madame; il n'a pas voulu renier ses ancêtres; il est digne d'estime et non de blâme, il est digne de pitié, puisqu'il a brisé son cœur pour obéir à la voix d'un honneur inflexible. Il vous adorait et il vous a perdue! Maintenant que vous souffrez à votre tour, vous pouvez compter sur lui.

— Non, non, répliqua-t-elle faiblement, je ne le verrai pas... je ne veux pas le voir. Cette amitié ne saurait être innocente entre nous. J'en ai d'autres moins dangereuses et qui me suffisent.

— Vous avez des amitiés, vous, madame! Ah! ne comptez pas sur l'amitié; ce sentiment n'est pas fait pour vous. N'y comptez dans aucune circonstance. L'amour seul dominera votre destinée. Des amitiés! où sont-elles? Dans votre famille? Vos sœurs vous haïssent et vous envient. L'une ne songe qu'au pouvoir et aux intrigues de la cour: cette sombre princesse ne s'arrêtera pas en route, et rien ne lui coûtera pour atteindre son but. L'autre, folle aventurière, abandonne un trône pour un caprice, et son étoile comme la vôtre est tout à l'amour.

— Ah! je m'en doutais! Caranti...

— Quant à votre frère! une bulle de savon! continua la devineresse, comme si elle n'eût pas été interrompue. Votre dernière sœur, une enfant! dont le cœur est assez vaste pour contenir tout juste l'amour d'elle-même. Quelques-uns...

— Et qui donc encore?

— Vous êtes entourée d'ennemis; mille piéges sont ouverts sous vos pas; si vous y tombez, vous êtes perdue; n'attendez aucun ménagement. On n'en aura pas pour vous; l'envie aiguisera ses dents sur votre bonheur. Vous n'aurez aucune protection à espérer. L'amour insensé de votre mari vous deviendra plus nuisible que la méchanceté avouée.

Madame de Mazarin ne put retenir ses larmes; elle était en même temps effrayée et craintive; elle attendait impatiemment des détails sur cet homme dont elle n'osait parler, qu'elle redoutait comme un danger et qu'elle appelait comme un sauveur. La Voisin était trop clairvoyante pour ne pas deviner cette impression, et pour ne pas l'augmenter par tous les moyens possibles.

— Et quel remède alors apporter à ce malheur? Je n'en sais pas d'autres que la patience et la dévotion.

— Demain on danse un ballet chez Madame la comtesse et vous en serez, madame. Vous serez belle comme le jour, en costume de Flore; des gens qui veulent vous perdre le feront remarquer au roi; il s'occupera de vous plus que d'aucune personne de la cour. Ne faites point de fonds sur cette attention: elle n'aura pas de suite, elle ne conduira qu'à un redoublement de chagrin de la part de Monsieur le duc.

Hortense fit une moue méprisante. Louis XIV ne lui plaisait pas: elle n'était point femme à écouter un homme par ambition, comme ses sœurs. Le péril ne pouvait être là.

— Pendant le bal, un jeune seigneur, pour

lequel vous avez quelque amitié, s'approchera de vous. Écoutez bien ce qu'il vous dira, car de là dépend votre avenir. Selon la réponse que vous lui ferez, vous serez heureuse, vous verrez combler vos vœux ou vous tomberez dans l'abîme du désespoir.

— Quel est ce jeune seigneur? Ne le saurai-je point?

— Vous le verrez demain.

— Serait-ce...?

Elle n'osa achever et devint très-rouge.

— Vous le verrez, madame. N'oubliez rien de ce que je vous dis; défiez-vous de *tout*, excepté du gentilhomme qui vous parlera demain. Que pas un mot ne vous échappe. Des yeux ennemis, intéressés à vous nuire, vous observent. Lorsque vous aurez un secret, gardez-le bien surtout, ne vous laissez séduire par aucune promesse, par aucune preuve de dévouement hypocrite; ne croyez à rien qu'à vous-même.

— Ah! Voisin, je suis bien malheureuse!

— Madame, il dépend de vous de l'être moins.

— Je le serai donc toujours?

— Une autre le serait beaucoup plus à votre place; rassurez-vous, vous aurez de grands bonheurs, vous serez belle toute votre vie, toute votre vie on vous adorera.

— Je voudrais pourtant savoir qui je dois voir demain!

Philippe entr'ouvrit la porte.

— Ma sœur, hâtez-vous de rentrer, dit-il; j'ai vu un page de monsieur de Mazarin; il ne peut être loin, et il faut qu'il vous retrouve.

La duchesse se leva vivement; elle avait grand'peur de son mari.

— Je te reverrai, Voisin, dit-elle.

— Quand il vous plaira, madame, et je vous servirai avec le même zèle; comptez-y.

Le duc entraîna sa sœur, il la reconduisit jusqu'à l'entrée de sa chambre et la quitta en lui promettant de revenir.

Elle avait à peine eu le temps de se remettre sur son lit de repos, que la voix de son mari se fit entendre.

— Elle doit être éveillée, disait-il.

Elle répondit à cet appel en tirant le verrou et reprit son air languissant. Monsieur de Mazarin lui baisa la main, sans que son regard se détachât d'elle. Il semblait vouloir lire au fond de sa pensée.

— Madame, lui dit-il brusquement, je veux vous parler de choses sérieuses, et je vous prie de m'écouter sérieusement.

— Parlez, monsieur, répondit Hortense à son mari.

— D'abord, madame, nous allons quitter cette maison, dit M. de Mazarin.

— Est-il possible? Et pourquoi, je vous prie?

— Le roi m'ayant fait l'honneur de me nommer grand maître de l'artillerie, je dois habiter l'Arsenal; ce serait mal reconnaître ses bontés que de sembler avoir du mépris pour le logement qu'il me donne. Ce n'est pas mon seul motif. Ce palais est plein d'objets qui offusquent mes regards. Ces tableaux, ces statues, offrent à mes yeux et aux vôtres des nudités choquantes. Je rougis pour tous les deux de nous voir au milieu de ces damnés payens et de ces déesses lubriques; M. le cardinal expie en l'autre monde sa passion pour ces impiétés.

— Voilà qui n'est pas charitable, monsieur, ce me semble; doutez-vous de la miséricorde de Dieu?

— Vous parlez de Dieu très-légèrement, madame; aussi ne suis-je pas étonné que vous fassiez des prières si courtes et des parties de jeu si longues. Vous courez avec vos gens et M. de Nevers, vous jouez à colin-maillard: cela ne convient pas; on peut vous manquer de respect. Tout cela cessera de droit lorsque vous ne serez plus ici.

— Quoi! le colin-maillard vous scandalise?

— Et vos promenades au cours! Ma conscience vous les interdit; je ne souffrirai plus que vous vous exposiez à ces dangers; je réponds de vous devant le Seigneur, il m'a confié votre salut, c'est à moi d'y veiller. La cour n'est pas un pays où l'on puisse le faire, et, dès notre installation à l'Arsenal, nous partirons pour mon gouvernement d'Alsace.

— Mais, monsieur, c'est une tyrannie! On ne vous a pas donné mes biens et ma personne pour me rendre la plus malheureuse créature du monde.

— Madame, le commerce de la cour est trop contagieux; quelques railleries que l'on fasse de moi, j'empêcherai que l'on ne vous gâte; je vous aime encore plus que ma propre réputation.

— C'est bien de l'honneur pour moi, monsieur! Ne sauriez-vous m'aimer autrement?

— Je vous aime de la bonne manière, madame, et, quand nous serons ensemble en paradis vous me remercierez de vous y avoir conduite.

— Monsieur, d'où vous viennent ces belles idées? vous ne les aviez point hier; qui donc avez-vous vu à Chilly qui ait pu vous les inspirer?

— Madame, je ne suis point allé à Chilly; je me suis arrêté en route chez le saint prieur des génovéfains de Bourg-la-Reine. Je lui ai soumis mes scrupules, et il les a résolus. Depuis long-temps je nourris ce règlement de vie pour vous et pour moi; un respect humain condamnable, et la crainte de vous déplaire m'avaient empêché de vous en faire part; la voix de mes remords assourdissait la grâce. J'ai été trouver ce saint homme; il m'a dit que j'étais coupable d'hésiter, il m'a commandé de vous arracher d'ici, de vous enlever à ces exemples, à ces images de perdition: j'obéirai, madame; je ne vous aimerais pas si je résistais.

— Mais, monsieur, le prieur des génovéfains est un fou, personne ne l'ignore.

— C'est un saint, un apôtre, un martyr. Il m'a donné l'absolution et la communion; j'ai juré, l'hostie sur les lèvres, de réformer tout céans, je n'y puis manquer. Une autre mission, plus auguste, m'est réservée; je n'y faillirai pas, quand le moment sera venu. Plus de bals, plus de comédie, plus de ces parures indécentes, qui donnent aux autres des pensées coupables et qui blessent ma jalousie légitime.

— Monsieur, vous êtes aussi insensé, que le prieur des génovéfains, répliqua la jeune femme indignée.

— Je suis insensé selon le monde, c'est possible, car le monde est insensé lui-même. Cependant je suis le maître ici et l'on m'obéira.

— Mon Dieu! mon Dieu!

— N'invoquez pas le nom de Dieu en vain, madame; ne le prenez pas à témoin de vos hésitations et de votre impiété.

Il était insensé, en effet, le pauvre duc, et le plus dangereux mari qu'on pût trouver pour cette belle Hortense; il devait la pousser à des extravagances qu'il regretterait cruellement.

— J'ai déjà envoyé vos excuses à Sa Majesté pour demain, madame; vous n'irez pas chez madame la comtesse.

— Vous n'avez pas fait cela, monsieur?

— Je l'ai fait, et je m'en félicite; j'ai accompagné votre refus d'une lettre que le roi méditera, je l'espère, et qui lui montrera la vérité de sa voie; il ne peut être l'élu du Seigneur, il passe ses jours et ses nuits à des divertissements frivoles. Il ne se couche que le matin; c'est manquer à la loi du Tout-Puissant, qui a fait la nuit pour le repos; on doit se coucher avec le soleil et se lever en même temps que lui.

Hortense avait souvent entendu ces préceptes sortir des lèvres de son mari, mais jamais avec cette dureté et cette exaltation. La journée qu'il venait de passer auprès d'un autre fanatique, aussi passionné que lui et revêtu d'un caractère auguste, avait achevé de lui tourner la tête. L'idée lui vint qu'il pourrait devenir furieux; elle résolut de ne pas lui résister et d'attendre au lendemain pour détourner l'orage; d'ici là il s'apaiserait peut-être, ou bien elle trouverait un moyen d'éluder ces terribles règlements, dût-elle avoir recours au roi lui-même et se mettre sous sa protection. Elle tenait surtout à cette fête, si importante pour elle, et se promit d'y aller malgré tous les obstacles; elle avait pour ressource l'autorité du monarque, ou même le passage secret et l'assistance de son frère.

Hortense laissa donc à M. de Mazarin le loisir de la prêcher; elle sembla le comprendre et se résigner à lui obéir.

Lorsqu'il la quitta il était ravi de sa soumission. Elle ne lui demanda pour toute grâce que d'attendre huit jours encore avant d'aller à l'Arsenal. Il le lui promit.

— Avant ce temps, pensa-t-elle, j'aurai fait parler au roi, ou je lui parlerai moi-même demain. Si la prophétie de la Voisin se réalise, j'en profiterai du moins pour mon propre compte, ne fût-ce qu'une soirée, cela suffira.

XIV

UN NOUVEL AMOUR.

Le lendemain matin, le jour entrait à pleins rayons dans une vaste chambre à coucher où dormait dans un fauteuil, à moitié habillée, une femme d'une trentaine d'années, dans tout l'éclat d'une beauté plutôt fine et distinguée que régulière. Le sommeil l'avait vaincue au milieu d'une occupation importante. A côté d'elle, plusieurs livres étaient ouverts, les feuilles éparses de plusieurs manuscrits jonchaient le parquet; les fioles, les alambics en miniature, un petit fourneau étaient posés dans la cheminée, des poudres, des plantes séchées, tout donnait à cette pièce l'apparence d'une officine de pharmacie. Elle dormait péniblement, sa physionomie se contractait, ses membres, agités par des convulsions, se tordaient d'une façon douloureuse. Elle se réveilla en poussant un cri, regarda autour d'elle avec épouvante, comme si un fantôme devait lui apparaître.

— Ah! murmura-t-elle en se frottant les yeux, ce n'était qu'un rêve, Dieu merci!

Ensuite elle se leva, interrogea la pendule, rajusta à la hâte sa coiffure, serra dans une armoire tout son attirail scientifique, foula son lit, passa un déshabillé, examina s'il ne restait pas de traces de son travail nocturne, et ouvrit une fenêtre donnant sur un splendide jardin, situé rue Saint-Louis au Marais. Elle aperçut dans une charmille un jeune homme et un autre personnage un peu plus âgé qui se promenaient. A leur vue elle devint très-pâle et mit la main sur son cœur; ils ne pouvaient la voir encore et paraissaient très-occupés de leur conversation.

— Ensemble! se dit-elle; ah! pourvu qu'il ne se doute de rien!

Elle resta quelques instants à les contempler avec un bonheur mêlé de profonde mélancolie, après quoi elle referma la croisée, prit un sifflet sur une table et en tira trois sons très-aigus. Une fille de chambre parut.

— Comment va mon père? demanda-t-elle.

— Bien mal ce matin, madame; il a passé une cruelle nuit depuis que vous l'avez quitté.

— Et mon frère?

— Hélas! madame, plus mal encore. Le médecin est venu; il sauvera M. d'Aubray, assure-t-il, mais, pour M. le chevalier, il ne laisse pas d'espérance.

— Pourquoi ne pas m'avoir éveillée pour sa visite?

— Vous dormez si peu! vous vous fatiguez tant, madame! Nous avons pensé qu'il valait mieux vous laisser un instant de repos.

— Qu'on prépare mon carrosse: je vais à la messe, après avoir vu mon père et mon frère, toutefois; Dieu seul peut me soutenir en cette affliction.

Elle essuya des larmes qui ne coulaient pas, et se rendit chez M. d'Aubray, son père qu'elle trouva dans un état de faiblesse extrême, et chez son frère qui ne la reconnut point. Elle l'examina en silence; sa physionomie exprimait plutôt une attention profonde qu'une vive douleur. La soubrette l'avait suivie; elle lui adressa plusieurs questions auxquelles la marquise de Brinvilliers ne repondit pas.

— Mon Dieu! madame, ajouta-t-elle enfin, n'est ce pas que c'est une étrange maladie?

— Bien étrange en effet! Mon pauvre frère! Je vais prier Dieu pour lui; ne le quittez pas en mon absence; je serai bientôt de retour. Si Catherine venait, qu'elle m'attende,

Elle descendit lentement les degrés, et, avant le monter dans son carrosse tout attelé, elle assa au jardin. Les hommes qui s'y prome-aient s'avancèrent au-devant d'elle et la saluèrent vec les exagérations de politesse de ce temps-là.

— Mon père a eu une crise, dit-elle; je a crois favorable. Quant à mon pauvre frère, l est perdu. Je suis abîmée de chagrin, et je ais prier Dieu; il éprouve cruellement notre naison depuis quelques années. Monsieur de Sainte-Croix, je vous recommande le prince. Ne e laissez pas sortir, je vous en prie. Nous ne avons pas encore comment il sera reçu à la our, et le roi ne pardonne pas aux grands de on royaume de visiter personne avant lui.

— Madame, vous êtes trop bonne pour un auvre proscrit.

— La marquise est bonne pour tout le nonde, monsieur. Elle soigne monsieur son père t le chevalier comme une infirmière, elle va à 'église, elle comble les pauvres de bienfaits, son nom est béni de tous ceux qui la connaissent...

— Taisez-vous, taisez-vous, monsieur, interrompit la marquise en rougissant.

— Madame, vous êtes un ange, répondit l'effronté en lui baisant la main.

Elle la retira comme s'il l'eût blessée, fit un salut de la tête, et s'enfuit en baissant ses coiffes: elle avait honte d'elle-même.

Les jeunes gens reprirent leur promenade et leur conversation, dont les mérites de la marquise et leur affection pour elle firent tous les frais.

Elle rentra après une heure d'absence. Un respectable ecclésiastique l'attendait dans la salle basse. Dès qu'il entendit son carrosse, il s'approcha d'elle et lui demanda quelques instants d'entretien.

— Pardon, monsieur l'abbé, je suis bien occupée; j'ai des malades très-chers, et si cette conversation pouvait se remettre...

— Hélas! madame, cela est impossible. C'est justement de ces chers malades que je désire vous parler. Votre âme est grande et forte, elle est préparée à tout; vos sentiments religieux vous donneront le courage de supporter encore une nouvelle épreuve.

— Ah! s'écria-t-elle en s'appuyant sur la muraille, mon pauvre frère n'est plus!

Le silence du prêtre fut sa seule réponse. La marquise était pâle comme un cadavre; elle ne pouvait dominer cette impression, malgré son hypocrisie. Elle se remit néanmoins, et trouva le moyen de pleurer amèrement.

— Mon frère est mort! c'est depuis cinq ans la troisième personne que le ciel enlève à notre famille. Il ne reste plus que mon père et moi; et mon père... mon père chéri, est bien malade. N'ira-t-il pas bientôt rejoindre mon mari et mes frères dans la tombe? Alors, je serai seule, seule...

— Seule avec vos amis, avec les heureux que vous aurez faits, madame; seule avec la protection de Dieu, qui ne vous manquera pas. Une femme chrétienne supporte tout, dans l'espoir de l'autre vie, et quelle femme est plus chrétienne que vous?

Les plaintes emphatiques de madame de Brinvilliers trompèrent comme toujours l'âme simple et bonne du curé. Il dirigeait sa conscience sacrilége, il croyait connaître ses vertus et sa piété, il ne soupçonnait pas les crimes dont elle était coupable.

Au moment où le curé de Saint-Louis allait la quitter, après avoir accompli sa mission, madame de Brinvilliers le pria de la suivre dans son oratoire; elle avait un aveu à lui faire, elle avait besoin d'épancher son cœur dans un cœur honnête et généreux, et parmi ses confidents habituels il n'en existait pas un qui fût digne de l'entendre. Ils auraient ri d'elle et de sa passion, ils l'auraient raillée de ce qu'elle était si heureuse d'éprouver. Je ne sais si on comprendra bien ce sentiment qui entraîne vers le beau un être perverti. Madame de Brinvilliers fut un monstre, et pourtant il est resté d'elle des traits de charité admirables; ses domestiques l'adoraient; peut-être sans le chevalier de Sainte-Croix et avec une bonne direction, eût-elle été une femme honorable et parfaite. Elle est morte en se repentant, et le peuple prétendait que c'était une sainte, il voulait avoir des cendres de son bûcher.

Lorsqu'elle fut seule avec le curé, elle se jeta à ses genoux et le supplia de l'écouter avec indulgence.

— Vous pouvez compter sur mon dévouement, ma fille, lui répondit-il, et cette indulgence que vous réclamez vous est acquise sans restriction. D'ailleurs, quelle faute avez-vous commise? Votre conscience timorée vous effraye, vous n'êtes pas de celles qui ont besoin d'être excusées.

— Mon père! mon père! je suis effrayée de ce que j'éprouve; un sentiment inconnu s'est glissé dans mon cœur. J'aime!... j'aime pour la première fois; j'aime un homme que je ne dois pas aimer, un homme qui ne m'aimera jamais!

— Ce n'est point un crime, ma fille, c'est un malheur, c'est une épreuve que Dieu vous envoie.

— C'est un crime, mon père; une créature telle que moi ne peut lever les yeux jusqu'à lui; s'il connaissait cet amour, s'il lisait dans mon cœur, il aurait horreur de moi et de ce qu'il m'inspire... Lui! si noble, si généreux, si grand!

Le prêtre la regarda avec surprise; il ne comprenait pas cet élan de justice et de repentir; elle s'en aperçut et revint à elle.

— Celui que j'aime, reprit-elle, est de grande naissance; il y a trop loin de lui à moi; et quand je compare ce qu'il vaut avec le peu que je suis, j'ai honte de ne lui offrir qu'une si chétive affection.

— Si cet homme est libre, vous l'êtes; pourquoi une union entre vous est-elle impossible? Une vertu telle que la vôtre comble les distances. Après tout, il n'y a pas si loin d'un grand seigneur à la veuve d'un parlementaire, qu'il ne puisse vous élever jusqu'à lui.

— L'épouser; moi, l'épouser! pour qu'il meure aussi, pour que j'assiste à son agonie comme j'ai vu celle des trois victimes que j'ai perdues! Non cette maison porte malheur; tout ce qui me touche doit finir misérablement. Pensât-il à devenir mon mari, je n'y consentirais point.

— Que voulez-vous donc alors?

— Ce que je veux!... je veux vous dire que je l'aime, car je ne puis le dire qu'à Dieu et à vous, mon père. Je veux vous demander des forces, afin qu'il ne le sache jamais, afin que cet amour ne se trahisse pas, et que ceux qui m'entourent ne puissent en avoir le moindre soupçon. Il est un secret terrible, que je ne puis vous apprendre et qui se rattache à cet amour. Je ne le combattrai pas, car peut-être épurera-t-il ma vie; je me dévouerai pour celui que j'aime, c'est le seul bonheur que je souhaite, et je vous prierai de m'écouter lorsque mon cœur sera trop plein, lorsqu'il faudra qu'il s'épanche ou que je meure. Dieu ne me punira pas de cette passion qu'il m'envoie; je suis assez punie par les tortures que je ressens, et surtout je ne porterai pas malheur à celui que je voudrais faire heureux, même aux dépens de ma vie.

Le bon abbé écoutait cette confidence étrange, cette révélation imprévue d'une âme jusque-là si pure et si placide. Il s'étonnait qu'elle eût sommeillé si longtemps, et ce réveil impétueux lui laissait tout craindre pour l'avenir. Il ne savait comment dominer cette nouvelle tempête. La réflexion seule pouvait l'éclairer. Plein de bonté et de mansuétude, il ne se sentait pas capable d'accuser une pauvre créature qui s'accusait elle-même et qui n'avait d'autre espoir que celui de souffrir sans se plaindre. Il la releva et lui adressa quelques paroles dont toute autre eût été émue, et qui glissèrent sur cette nature étrange.

Elle ne lui demandait que de l'écouter. Ses encouragements, ses consolations n'avaient pas d'écho chez elle; il la quitta croyant l'avoir calmée; cette âme était un livre fermé pour lui. Elle l'accompagna jusqu'à la porte de son appartement et se hâta de le congédier.

La Voisin l'attendait. Elle allait parler encore de *lui* avec cette femme, non pas dans l'effusion de son sentiment, mais en s'occupant de ses intérêts, de son bonheur, de sa fortune.

— J'irai vous voir, mon père, dit-elle au curé en le saluant humblement, j'irai vous voir bientôt.

Je reviendrai demain, ma fille, car vous avez besoin de moi.

— Oui demain; demain j'aurai besoin de vous, en effet. Que les pauvres prient pour moi, ajouta-t-elle en lui mettant dans la main une bourse; je n'ai pas assez de mes prières pour me consoler!

La Voisin, debout près de la porte, regardait l'abbé et la marquise d'un air ironique. Elle admirait la fausseté de l'une et la confiance de l'autre. Aussitôt que le curé eut disparu, elle s'approcha de madame de Brinvilliers.

— Eh bien? demanda celle-ci.

— Eh bien! la chose sera tentée ce soir. Mes batteries sont dressées; tout ira bien, si nos amoureux ne vous font pas défaut. Les amoureux de cette trempe-là sont si niais!

Madame de Brinvilliers essaya de rire.

— Vous êtes sublime, madame, avec cet apôtre; vous joueriez tout le clergé réuni, ce qui n'est pas une petite affaire. Ce pauvre M. Penautier est confit aussi dans votre douleur, il est sorti d'ici hier en pleurant; lui et le curé de Saint-Louis feront ensemble un beau duo quand ils se rencontreront.

La marquise ne l'écoutait pas.

— Crois-tu qu'elle l'aime? reprit-elle.

— Elle l'aime à sa manière, il n'en fau pas plus. Quant à l'autre, c'est une lionne, un tigresse; hier elle a été bien près de surprendre notre secret: tout eût été perdu.

— Oh! *l'autre!* s'écria la marquise, dont les yeux lançaient un éclair sanglant, l'autre!... qu'elle prenne garde!

— Je ne voudrais pas être à sa place, reprit la Voisin en riant. Vous aimez *trop* votre ancien camarade d'enfance, madame. Prenez-y garde à votre tour! Ce serait pour lui qu'il faudrait trembler. M. de Sainte-Croix...

Madame de Brinvilliers eut un frisson; la Voisin flairait son secret, il fallait se hâter de détourner ses soupçons.

— Tu sais bien que je l'aime, Catherine, répliqua-t-elle en souriant, mais à ma façon aussi. Personne n'en mourra, sois tranquille.

Quelque indifférente qu'elle voulût paraître, Catherine était trop clairvoyante pour ne pas avoir à peu près deviné le mystère. Elle ne le montra point et se tint pour satisfaite. La conversation prit un autre tour; la mort du chevalier et la maladie de M. d'Aubray fournissaient un vaste champ à leurs propos.

— Mourra-t-il, ce pauvre vieillard? demanda la Voisin prise d'une sorte de pitié.

— Il ne mourra pas encore, répondit la parricide avec un sang-froid épouvantable, et je le sauverai si je veux. La nouvelle composition est excellente.

— Ainsi, il en fait l'expérience?

La marquise baissa la tête en signe d'affirmation.

On sait que cette misérable empoisonna et *désempoisonna* son père neuf fois avant de le tuer tout à fait; elle l'a avoué.

Le prince de Courtenay fit demander si la *pauvre affligée* daignerait le recevoir, ainsi que M. de Sainte-Croix; il se présenta en homme pénétré d'un malheur irréparable, et qui sent combien les consolations de l'amitié sont impuissantes en un pareil moment. Madame de Brinvilliers l'accueillit comme une affligée dont la religion adoucit la douleur. Elle joua une si belle comédie que M. de Sainte-Croix en fut lui-même la dupe; il crut qu'elle avait des remords.

— Mon prince, continua-t-elle, j'ai d'excellentes nouvelles pour vous; on danse ce soir le ballet, tout est convenu, préparé; je ne vois pas d'obstacle à la réusite. Il en est ainsi dans la vie. Nous pleurons celui que nous avons perdu, et demain nous nous réjouirons, au milieu de nos larmes, du bonheur qui vous arrivera. N'est-il pas vrai, monsieur de Sainte-Croix?

— Madame je me réjouis toujours du bonheur des autres, et je tâche de le partager, ajouta-t-il tout bas.

Madame de Mazarin s'éveilla ce même jour avec un plan formé, et bien résolue à ne pas manquer la fête du soir.

Elle fit enfermer tout ce qui aurait rappelé à son mari le costume de Flore, puis elle fit chercher Philippe. Il n'avait pu interrompre la veille l'entrevue solennelle des époux. Elle lui raconta ce qui s'était passé, elle l'envoya chez madame de Soissons et chez Madame, afin que ces deux princesses obtinssent du roi, par leurs efforts réunis, un ordre positif à M. de Mazarin de ne pas faire manquer le ballet par sa mauvaise humeur. Ce n'était pas chose difficile; Louis XIV tenait beaucoup à ses pantomimes et aux vers qui s'y débitaient; il avait avec madame de Mazarin une entrée des plus brillantes, où il se présentait en Zéphire, après avoir été Apollon avec Madame en muse, et Ganimède avec mademoiselle de Sévigné en nymphe.

M. de Nevers était donc à peu près sûr de réussir; tout alla mieux même qu'il ne le prévoyait; l'ordre était envoyé avant qu'il eût vu les princesses. Le roi s'était moqué des avertissements de M. de Mazarin; mais il avait froncé le sourcil en apprenant qu'on empiétait sur ses plaisirs, et que la folie de ce dévot intraitable osait s'attaquer à lui.

XV

UN BALLET A LA COUR.

— Madame de Mazarin dansera, dit-il, dussé-je lui envoyer des hoquetons et mettre son mari à la Bastille jusqu'à demain matin. Plus tard, nous verrons si nous lui permettrons de l'emmener; mais pour ce soir elle nous appartient, et c'est prendre une étrange liberté que de contrecarrer ainsi mes projets.

Lorsque le gentilhomme envoyé par Sa Majesté se présenta, le duc et la duchesse étaient ensemble. Hortense, dolente et ennuyée, écoutait un nouveau sermon. Marianne et Marie se riaient, dans un coin, des lubies de leur beau-frère; Julia observait tout sans qu'on s'occupât d'elle. On annonça le message royal; la jeune femme se sentit rougir; elle se leva néanmoins, ainsi que le voulait l'usage.

— Monsieur, dit-il, Sa Majesté m'a commandé de vous ordonner de sa part de ne point troubler le plaisir qu'elle se promet ce soir, ét de laisser venir Madame la duchesse à l'hôtel de Soissons, afin de remplir le rôle qui lui est destiné. Le roi vous autorise à n'y point paraître, si votre conscience est blessée de ce que vous devez y voir; mais, pour Madame de Mazarin, elle ne peut s'en dispenser à aucun prix.

— Même si elle est malade, monsieur?

— On l'y portera, dans ce cas ; tout a été prévu.

— Même si elle est morte?

— Sa Majesté viendra lui donner de l'eau bénite.

Le sérieux avec lequel tout ceci fut prononcé fit éclater de rire mesdemoiselles de Mancini ; Hortense avait bien de la peine à s'en empêcher. Le reste de la scène ne fut pas moins étrange.

— Monsieur, je me croyais le maître de ma femme.

— Monsieur, le roi étant votre maître, l'est également de tout ce qui vous appartient.

— Mais, monsieur, du moins il nous sera permis de nous retirer après le ballet.

— Monsieur, le roi en décidera.

— Je ne supposais pas... je ne savais pas...

— Le premier devoir d'un sujet est l'obéissance. D'ailleurs, Monsieur le duc, j'ai ordre de vous prévenir que, au cas où Madame la duchesse ne se trouverait pas sur le théâtre à l'heure où elle doit y monter, le roi l'enverrait chercher par ses hoquetons, qui vous conduiraient en même temps à la Bastille.

Le gentilhomme se retira solennellement après cette menace, et M. de Mazarin dut l'accompagner avec la même cérémonie, en faisant contre fortune bon cœur. Il revint atterré, ne sachant ce qui dominait chez lui de la colère ou de l'humiliation.

— Traité comme un laquais! répétait-il; un duc et pair! Ah! l'élève de M. le cardinal ira loin!

— Eh bien! monsieur, reprit Hortense fort empêchée de cacher sa joie, que dois-je faire?

— A votre place, monsieur, reprit malignement Marianne sans lui laisser le temps de répondre, je partirais tout de suite pour un de mes gouvernements; les hoquetons ne viendraient pas m'y trouver.

— Petite masque! vous savez bien que c'est impossible. Je ne puis me rendre à mon gouvernement sans le congé de Sa Majesté. Nous sommes donc forvés de nous soumettre. Au moins, madame, vous n'irez point, comme ces femmes éhontées, ne cachant rien aux yeux des hommes de ce que leur mari seul doit apercevoir.

— Cependant, monsieur, je ne puis représenter Flore avec un béguin.

— Mon Dieu! mon Dieu! et le roi n'a fait aucune attention à mes conseils! Il se perd, il nous perd tous, il perd son royaume. Le saint prieur avait bien raison; je tâcherai qu'il prêche un sermon à la cour; sa voix sera peut-être mieux écoutée que la mienne. Allons, madame, puisqu'il le faut, n'oubliez pas de mettre toutes vos pierreries; après la reine, personne n'en a d'aussi belles que vous; il faut montrer ce que l'on est.

— Vanités mondaines, monsieur! répliqua Marie.

— Juste connaissance de ses devoirs, mademoiselle; les riches sont forcés d'user de leurs richesses. Et puis ces grands colliers, ces carcans, cachent la poitrine; c'est toujours un péché de moins à commettre.

Tel était l'homme auquel était unie la plus belle, la plus folle, la plus aimable femme de la cour.

Julia écoutait tout et se taisait; absorbée dans sa lecture, semblait-il, elle ne levait pas les yeux et ne se mêlait point d'une discussion de famille à laquelle elle voulait rester étrangère. Les extravagances de M. de Mazarin n'amenèrent pas même un sourire sur ses lèvres. Lorsqu'il passa près d'elle en se retirant, la voyant si calme et si désintéressée de cette querelle, il lui demanda si elle voulait continuer auprès de lui la lecture édifiante qu'elle faisait sans doute. Elle se leva et le suivit.

— Je suis sûre, dit Marie, que Julia parviendra à calmer cet énergumène. Il n'y a qu'elle pour ces choses-là.

— Julia parviendra à l'exciter davantage contre moi, ma sœur; je vous réponds qu'elle n'est pas étrangère à ses furies. Chaque fois qu'il la quitte, il est plus exalté; elle s'est fait dévote pour lui plaire davantage, elle est toute la journée occupée du *Miroir des saints*, son livre favori.

— Croyez-vous donc que Julia pense à vous enlever M. de Mazarin ?

— Non certes; elle pense seulement à m'enlever tout ce qu'elle pourra me prendre. Occupons-nous donc maintenant des préparatifs, et tâchons de remplir dignement le rôle de la déesse des jardins.

Le duc ne reparut plus de la journée. Marianne, avec la liberté et l'effronterie d'une enfant gâtée, s'en alla deux ou trois fois chez lui, le surprendre dans ses dévotions. Elle le trouva d'abord occupé à écouter la lecture édifiante que lui faisait mademoiselle Milliani; ensuite il se mit à son prie-Dieu, les mains jointes et ne montrant que le blanc de ses yeux. La petite fille assurait qu'il était fort ridicule ainsi et que certainement on ne l'écouterait pas dans le ciel, pour peu qu'on le regardât.

Hortense voulait être belle, et elle le fut merveilleusement. Elle étincelait de pierreries, mêlées de guirlandes de fleurs croisées en tous sens, suivant la mode mythologique du temps. Lorsque son mari la vit ainsi, peu s'en fallut qu'il ne lui ordonnât de rester.

Ils firent une entrée triomphante à l'hôtel de Soissons. Toute la cour savait l'aventure et l'on en riait. Le roi aperçut madame de Mazarin: il fut ébloui.

— Ah! qu'elle est belle! s'écria-t-il, et quel dommage si ce rustre nous avait privé d'une pareille danseuse!

Dominique, habillé en faune, devait chanter des ariettes entre les pas des danseurs; il tournait autour de tout le monde. Le roi l'avait employé dans ses amours avec mademoiselle de Mancini, il le voyait chaque jour à l'hôtel de Soissons, il connaissait ses talents pour l'intrigue et lui continuait sa faveur. Il se trouva en ce moment près de Sa Majesté, qui lui demanda en riant si madame de Mazarin était folle de son mari.

— Madame de Mazarin n'est folle que de ses chimères, sire; c'est une belle enveloppe où il n'y a pas de cœur.

— Vraiment?

— Elle ne peut pas aimer, elle n'aimera jamais.

— C'est ce que nous verrons!

— Ah! sire, songez à M. le cardinal, et n'entraînez pas son héritière vers la perdition.

— On dirait que tu es chargé de la défendre! Nous ne sommes point ici en Turquie, mon pauvre Dominique, et ces mœurs-là ne prendront pas chez nous.

Le musicien poussa un gémissement.

— Et si j'essayais de rompre cette glace, tu ne me servirais donc pas? reprit Louis XIV.

L'avarice livra un combat terrible à la jalousie dans ce cœur perverti; il eût voulu être à cent pieds sous terre. L'idée lui vint que s'il refusait on en emploierait un autre, et qu'en acceptant au contraire il pourrait diriger les événements, accaparer les profits et détourner le danger, en semblant tout dévoué à son maître.

Il se sentait capable de ce tour de force.

Il prit donc son air le plus obséquieux, et assura le monarque qu'il était tout à ses ordres, pour cela comme pour le reste. Il connaissait parfaitement la duchesse; il savait quel caractère fantasque était le sien, et combien pour lui plaire il fallait déployer de surprises inconnues aux amours ordinaires. Il pourrait donc facilement tromper le roi, tout en ayant l'air de le servir.

Presque toute la jeunesse de la cour paraissait à ce ballet; on avait fait assaut de splendeur et d'élégance; les courtisans, jaloux de se faire remarquer, affichaient un luxe d'habits et de pierreries inconnu jusque-là. Parmi eux brillait au premier rang le chevalier de Rohan, grand veneur. Il était des amis de mesdemoiselles de Mancini, ayant beaucoup fréquenté le palais Mazarin du vivant du cardinal. Il s'approcha de la duchesse et lui fit les compliments les plus empressés sur sa beauté, sur la magnificence de son costume.

— Ah! madame, lui dit-il, je sais quelqu'un qui voudrait bien vous voir ainsi!

— Et ce quelqu'un, quel est-il, monsieur: un sylphe, un zéphir, un sylvain?

— Ce quelqu'un est un ami, exilé loin de vous depuis si longtemps, que vous l'avez oublié peut-être.

— Ah! mon Dieu! interrompit Hortense avec son étourderie ordinaire; est-ce que vous le connaissez?

Le chevalier allait répondre, le roi s'approcha.

Madame de Mazarin laissa deviner sur son visage une vive contrariété.

— Je dérange un agréable entretien, dit Loüis XIV en fronçant le sourcil.

— Ah! sire, répliqua l'adroit courtisan, nous parlions de Votre Majesté, et madame la duchesse ne se lassait pas de m'entendre.

Les rois sont tellement accoutumés à la flatterie, qu'ils n'y croient point et qu'ils acceptent ce qu'on leur offre en ce genre de plus grossier. Louis fit un signe de bienveillance, et, prenant la main de la duchesse, il l'emmena à la place qu'elle devait occuper pour son entrée, dont le moment était venu. Ce qui précède se passait dans la pièce qui touchait au théâtre, et que nous appellerions aujourd'hui le foyer des acteurs. L'orchestre se fit entendre: on ne s'occupa plus que de la grande affaire de la soirée; les conversations cessèrent, les personnages se groupèrent selon l'ordre indiqué, et le ballet commença.

Le succès fut ce qu'il devait être; le pas le plus applaudi fut celui du roi et de madame de Mazarin; ils dansaient tous les deux à ravir.

La duchesse était si belle que cette beauté seule eût mérité l'admiration. Le monarque fut transporté, il sentit sa tête s'exalter pour son adorable Flore, et s'en occupa tellement que le bruit de la soirée fut cette nouvelle passion.

M. de Mazarin remarqua cette assiduité, bien que sa femme ne s'y prêtât en aucune manière; elle n'aspirait qu'à rejoindre le chevalier de Rohan et à renouer la conversation interrompue. Son regard suivait l'élégant jeune homme; elle répondait avec distraction aux phrases pleines d'amabilité que lui adressait le maître. Il s'en aperçut, et lui demanda, d'un ton piqué, à quoi elle pensait, puisqu'elle ne l'écoutait point.

— Sire, je pense que M. de Mazarin, madame la comtesse et ma sœur Marie sont au supplice en ce moment, et la bonté de Votre Majesté me vaudra bien des larmes et bien des épigrammes d'ici à demain.

— L'oserait-on, madame? Ne comprendrait-on pas que ce serait m'offenser?

— Sire, répondit la jeune femme en souriant, Madame la comtesse et Marie osent tout, et M. de Mazarin ne comprend rien.

L'heure du souper put seule interrompre cette conversation; la duchesse l'attendait ardemment; elle voyait la prédiction de la Voisin se réaliser; elle ne doutait pas qu'il n'en fût de même du reste. Le chevalier était sans doute l'ami annoncé ; il parlerait du prince, elle en était sûre, il lui donnerait peut-être le moyen de le voir. Comment, pourquoi se mêlait-il de cette affaire ? Elle ne le devinait pas, mais elle en était heureuse, et sa curiosité augmentait son impatience. Le chevalier se plaça derrière elle à la table de Madame, où elle fut admise, le roi, la reine, Monsieur et Madame ayant chacune la leur. Il parvint à s'écarter lorsqu'on quitta la salle du festin et à éviter les regards indiscrets.

— Madame, vous voulez donc m'entendre ? dit M. de Rohan.

— Sans doute, car je suis fort intriguée. Vous me posez des énigmes...

— Que vous déchiffrez peut-être ; je désirerais qu'il en fût ainsi du moins.

— Expliquez-vous donc.

— Je vous parle au nom d'un de mes amis particuliers.

— Vous avez beaucoup d'amis, monsieur ?

— Madame, je n'en ai qu'un seul avec lequel j'ai été lié dès mon jeune âge et qui a guerroyé comme moi contre les Barbaresques, à la suite de M. de Beaufort.

— L'armée était très-nombreuse cependant. Et vous êtes revenu de cette campagne il y a longtemps, monsieur le chevalier ?

— Je suis revenu, en effet, mais beaucoup d'autres n'ont pas fait comme moi ; ils sont restés à gagner de la gloire, sans récolter ni honneurs ni profits; mon ami est de ceux-là.

— Et... il est de retour?

— Oui, madame.

— Sans honneurs ni profits?

— Oui, madame, mais avec beaucoup d'amour.

— Et qu'y puis-je faire, monsieur?

Vous pouvez tout madame; et si vous daignez y prendre intérêt, les honneurs et le profit lui arriveront par vous.

— Encore une fois, monsieur, expliquez-vous plus clairement.

— Madame, le prince de Courtenay s'est conduit comme un héros en Barbarie. Cependant la fortune lui a constamment refusé toutes faveurs, et maintenant même il n'ose se montrer dans Paris; il ne sait s'il doit venir à la cour; le roi, vous ne l'ignorez pas, est fort jaloux des visites qu'on fait aux autres avant de lui avoir rendu ses devoirs. Voudra-t-il permettre au prince de paraître devant lui? Il n'est pas précisément exilé, il est en défaveur. Caché chez une respectable amie, seul au monde, car il a perdu le chevalier d'Alluye et même son vieux domestique, il est désespéré. Vous pouvez le sauver, madame, le voulez-vous?

— Que faut-il faire pour cela?

— Il faut consentir à le voir d'abord.

— Monsieur, cela est impossible ; persécutée, gardée à vue par mon mari, je ne puis même recevoir ma famille sans être inquiétée.

— Autorisez-nous seulement ! nous en trouverons le moyen.

— Je tremble rien que d'y penser ! Si M. de Mazarin le découvre, si on nous trahit?...

— Nous sommes prudents, intrépides ; nous braverons les dangers, et aucun ne pourra nous atteindre. Quant à la fortune du prince, un mot de vous à M. de Beaufort, et celui-ci parlera au roi. M. de Beaufort, vous l'avez entendu, ne cesse de vous louer, de vous vanter à tout propos ; il fera ce que vous désirerez, trop heureux de vous obéir.

— Et que désire le prince ?

— Rien. Nous agirons pour cela à son insu, nous le sauverons malgré lui. Il est profondément découragé, il n'a plus d'ambition, il n'aspire qu'à vivre dans une obscurité profonde ; qu'on lui assure la tranquillité, il n'en demande pas plus. Sans son culte pour sa belle idole, il ne fût jamais revenu en France ; il eût laissé finir sa race aux lieux mêmes où elle s'est illustrée. Un mot de vous, et il redeviendra digne de lui-même, digne du nom qu'il porte ; vous avez une belle mission à remplir, vous ne la repousserez point.

Madame de Mazarin était née pour devenir une héroïne de roman ; sa tête s'exaltait à la seule pensée d'une aventure; elle s'annonçait trop bien pour qu'elle n'eût pas le désir de la tenter. Tout en conservant un souvenir très-tendre à Roger, elle ne l'aimait pas assez néanmoins pour que l'amour dominât chez elle les autres instincts éveillés par ce commencement romanesque. La joie de faire pièce à M. de Mazarin, de sortir de son existence apathique et sans but, était pour elle plus vive encore.

Cependant il fallait revenir dans le cercle; on devait avoir remarqué cette longue conversation.

— Monsieur, dit-elle à M. de Rohan, je vous mets au défi de mener à bien vos belles entreprises; ce ne sera pourtant pas moi qui y apporterai obstacle, je vous le promets.

Et voyant de loin le roi qui semblait chercher quelqu'un, elle se glissa adroitement dans le groupe des dames autour de la reine; il ne sembla pas qu'elle l'eût jamais quitté. Le roi l'aperçut et s'approcha; elle résolut d'essayer elle-même et sur-le-champ ce que l'on pouvait risquer pour M. de Courtenay. La partie était chanceuse; si elle la gagnait, tout était sauvé; mais elle pouvait la perdre, et il n'y avait plus à y revenir. Lorsque le roi parlait à une dame, qu'il lui parlait longuement surtout, l'usage était que nul ne les interrompît, la reine et la reine-mère moins que qui ce fût. Ce soir-là madame de Mazarin avait joui presque tout le temps de ce privilége. Placée près d'une table couverte de rafraîchissements de toute sorte, elle resta debout d'abord, jusqu'au moment où le roi la pria de s'asseoir, ce qui indiquait le projet d'un entretien prolongé. M. de Mazarin et madame de Soissons ne cachaient pas leurs craintes.

— C'était bien la peine de me menacer des hoquetons pour cela! murmurait le duc.

— Monsieur, lui dit Mademoiselle, très-railleuse en général et fort jalouse d'Hortense en particulier, madame de Mazarin est belle à miracle ce soir.

— Ma foi! Mademoiselle, il y a trop de gens de votre avis pour que ce soit le mien!

FIN DU TOME DEUXIÈME.

Teschen, imprimerie de Charles Prochaska. 1867.

www.ingramcontent.com/pod-product-compliance
Ingram Content Group UK Ltd.
Pitfield, Milton Keynes, MK11 3LW, UK
UKHW031856260826
14628UKWH00002B/809

9 782019 622596